邹忠平

ZOU
ZHONG
PING

著

邹忠平诗词选

U0745935

中国出版集团 现代出版社

图书在版编目（CIP）数据

邹忠平诗词选 / 邹忠平著 . -- 北京：现代出版社，
2022.12
ISBN 978-7-5231-0100-1

I . ①邹… Ⅱ . ①邹… Ⅲ . ①诗词 – 作品集 – 中国 –
当代 Ⅳ . ① I227

中国版本图书馆 CIP 数据核字（2022）第 245052 号

邹忠平诗词选

著　　者	邹忠平	
责任编辑	张红红	
出版发行	现代出版社	
地　　址	北京市安定门外安华里 504 号	
邮政编码	100011	
电　　话	010-64267325　010-64245264（兼传真）	
印　　刷	北京建宏印刷有限公司	
开　　本	710mm×1000mm　1/16	
印　　张	13.75	
字　　数	151 千字	
印　　次	2022 年 12 月第 1 版　2023 年 1 月第 1 次印刷	
书　　号	ISBN 978-7-5231-0100-1	
定　　价	78.00元	

目　录
C O N T E N T S >>>>>>>>>

邹忠平诗词选

邹忠平诗词选

邹忠平诗词选

邹忠平诗词选

邹忠平诗词选

二龙湖

题记：家乡二龙湖是我一生魂牵梦萦的地方。它记着我儿时多少情思，多少忧怨。今老友重逢，在珍珠岛把酒欢宴，乡愁难解，思绪万千！

秀水明山二龙湖，风光依旧韶颜无。

故友登屿排盛宴，愚夫挟杖入屠苏。

四望烟波云遮日，一看雾里龙戏珠。

醉眼蒙眬不见首，龟儿哪个把龙屠？

己亥年五月二十日

无题

皑雪易污因皎皎，长竹易折乃峣峣。

酒半酣时方为好，花蕾待放格外娇。

喜事连连防悲起，天黑重重明将到。

是非曲直昨日事，清白一世自逍遥。

己亥年五月二十一日

夏阳赋

夏日骄阳少女颜，直视有嫌手遮观。

三月桃花羞红脸，九天火炉烧云端。

抹透霞光满江红，挥毫饱墨鹧鸪天。

晚照夕阳魅无限，老夫垂钓大江边。

己亥年五月二十二日

夏雨

夏雨霏霏润土酥，轻风触禾奋当扶。

小巷溪流日渐胖，硕山瀑布腰显粗。

玉米拔节嘎嘎响，荷花吐蕊日日突。

雨后晴空分外爽，明朝翠绿近三伏。

己亥年五月二十三日

为帅臻主讲文化、艺术、生命品质而作

浩海无涯鱼任游，高山有峰鸟飞扬。

翱水飞天寻常事，修佛炼道显功长。

自古天才勤奋得，从来宰相书中藏。

劲雨疾风多历练，文坛诗画皆称王。

己亥年五月二十五日

叹春

枉自春花夏渐无，春风夏雨各亲疏。

盛放残桃落红去，出水新荷不孤独。

百草千山添颜色，千禾万树换衣服。

美好华年有几日，躬身切莫空辜负。

己亥年五月二十六日

炎夏赋

火烤油煎六月天，出行犹过火焰山。

两侧梧桐垂首立，一席花卉颜失鲜。

大地禾枯汗似水，小溪水瘦身柴干。

老叟心烦难下饭，置茶柳下品龙泉。

己亥年五月二十八日

咏荷

少女出浴靥带露，纤腰玉肤娇含羞。

面似桃花白透红，身比牡丹高挑秀。

本自淤泥终不染，长于清水魂可休？

淡雅清香爽滋味，粉黛轻施胜洋妞。

己亥年六月初一

七月流火

赤日流火地生烟，无风少雨朗朗天。

海上无涛水翻滚，林中有树叶卷边。

爱犬张口气难喘，游鱼腾水船上蹿。

万里长空不见鸟，村妇老叟心烦扰。

己亥年六月初二

在嘉兴去新昌路上

细雨霏霏送吾行，青山绿水衬花红。

艳日无光云遮挡，奇峰半落雾当中。

半边阴云沥沥雨，半边红日条条虹。

远望佛光透照影，飞车已进新昌城。

己亥年六月初三

小暑

小暑炎炎夏日炙，芭蕉大扇急趋柳。

百鸟叽喳恨酷热，千帆置港渔亦休。

老叟农田理果树，小童河中放水牛。

欲对山歌觅三姐，寻君不见把情留。

己亥年六月初五

听中国百名民族男高音惠民音乐会

百鸟争鸣颂美华，千山细雨润新花。

沃土植根始伟壮，耕耘细腻自生发。

妙曲洪音天为和，高低韵律地做跋。

劲曲千歌催奋进，神州万里染红霞。

己亥年六月初六

雨中巫山

细雨缠绵终日连，阴云密布锁巫山。

不恋三峡树苍翠，常思乡土花滴残。

名水相邀承盛意，龙山镌刻吾心田。

远望长空比翼鸟，使君含泪心更酸。

己亥年六月初七

欢迎杨君生老师夫妇来烟

六月骄阳火样红，浮云欲遮还光明。

喜鹊清晨含笑叫，黄鹂正午送歌声。

梦里昨天听电话，恩师今晚达胶东。

置酒家中盛款待，千杯万盏难抒情。

己亥年六月初八

恭祝何帅臻画展在冰城启幕

帅由天成父母生，臻作慧智磨砺成。

画品高风源自善，佳展低扬欲乘风。

满怀雪乡赤子意，一腔乡土冰城情。

森林成荫自幼起，功德万世传声名。

己亥年六月初九

入伏吟

地热腾腾似蒸笼，天光朗朗艳阳红。

渤海身高矮三尺，夹河体重减七重。

绿树垂头丧神采，红花睡眼失媚容。

祈祷老天尽播雨，济人救世拯大同。

己亥年六月初十

在烟台迎君生老师夫妇

渤海风云百丈高，波翻浪涌情如涛。

近耋年龄聚小港，依稀如梦吟《离骚》。

往日恩师近顽叟，今宵才俊胜天骄。

怎畏长途跋涉苦？仙山老寺任逍遥。

己亥年六月二十一日

烟台南站送君生老师夫妇去北京

渤水涛涛不了情，昆嵛含泪送君行。

四十八年情牵挂，八十四时爱相逢。

对酒当歌忆旧梦，斟茶弄水叙心声。

滚动车轮碾心痛，愁绪百转久难平。

己亥年六月二十日

梦见老家兰卉盛放

潜梦兰花故地开，啼鹃老树惊梦来。

睡眼蒙胧梦赏卉，醒目见日透窗帘。

展卷又观酒后作，披衣再看云中天。

细雨缠绵经不断，娇花开落念心间。

己亥年六月二十一日

看君生老师京城一日照片

耄耋老人意不衰，京城游若孩童玩。

秘事故宫初探访，奇闻四处找花边。

不畏长城长万里，何堪景山高九天？

晚照夕阳无限美，夫妻恩爱享天年。

己亥年六月二十一日

海畔即景

题记：晨起海畔漫步，月朦星稀，山清水秀，朝阳初升，百花争艳。

晓月浮云日初升，青山绿水彩霞红。

银燕排云飞万里，方舟破浪越无穷。

古刹隐约钟音长，新竹委婉笛声重。

短调长吟俏老汉，朗声细诵美书童。

己亥年六月二十二日

观荷

六月虹生暴雨歇，阳光夏雨紧相接。

绿叶包含点点雨，红花盛放处处蝶。

并蒂莲子双戏水，擒鱼夜鹰独离别。

晚照夕阳无限美，诗人北望思难歇。

己亥年六月二十三日

忆登白云山

拄杖随朋攀顶云，轻风送爽日暖身。

紫气东来红映绿，白云北去银笼金。

十寺仙山增瑞气，九泉圣水长精神。

顶峰身没白云里，随云幻影似仙人。

己亥年六月二十七日

八一节

题记：今天是八一建军节，仅以此诗向军人致敬。

血染军旗第一响，人民武装党有枪。

露宿风餐二万里，克敌转战几十场。

抗寇平倭伟绩殊，解放驱敌奇迹创。

大国今天立伟世，男儿本色是戎装。

己亥年七月初一

示军人

本色男儿爱吴钩，捐躯为国死方休。

酷日严寒无畏惧，冰天雪地似郊游。

理想为怀赴国难，雄心立志雪耻羞。

正气浩然扬四海，他年挂甲写春秋。

己亥年七月初一

诸事没来预兆先

题记：清晨起来，推门，见阴霾密布，燕子低飞，蜻蜓群舞，知大雨渐近。

诸事没来预兆先，临渴掘井实不堪。

大雨将至蛇过道，阴云密布燕飞天。

海水无风起咆哮，高山有雾没云端。

切记晴天囊携伞，雨来不会把身淹。

己亥年临七月初四

邹忠平诗词选

14

无题

题记：今天多云，遥望远方，青山没云，海平无纹。

远望青山半没云，失涛海水静无痕。

雨后蓝天浮水面，风住白云落羊群。

绿树环绕新妆秀，红花掩映俏佳人。

投入湖中洗洗澡，一身清凉更销魂。

己亥年七月初五

写在七夕节，致天下的有情人

泪眼常湿望眼穿，思念苦水恨苍天。

恨水滔滔两岸阻，情丝漫漫一心牵。

自古仙凡终有界，从来爱恋情无边。

何日毛公挥宝剑，削来昆仑把海填。

己亥年七月初七

立秋

夏去秋来渐天凉，君行勿忘添衣裳。

老树江边依旧绿，禾苗大地日发黄。

大雁新装待远去，田鼠觅炊蓄仓房。

莫忘今天吃水饺，七月十五祭祖常。

己亥年七月初八

台风"利奇马"

狂涛冲天九万丈，虐风扫地三千旋。

海上无船千万里，江中涨水一线连。

华夏无处不风雨，神州哪里觅晴天？

老少妻儿共蹈砺，捉妖斩鬼护家园。

己亥年七月十三日

湖心亭赴老友宴

故地故乡故友情，亲山亲水亲友朋。

两岸黄鹂柳吐绿，一湖碧水鱼飞腾。

摆宴湖心岛戏珠，隔窗北望龙生风。

烈酒杯杯添浓意，青石醉卧至天蒙。

己亥年七月十五日

返乡情

九日回乡偶有晴，连天大雨日无明。

漫漫积云似锦软，茫茫瀑水如布平。

老友欢聚无玩耍，新朋共会行酒令。

月朗星繁逛夜市，摊贩一片吆喝声。

己亥年七月十九日

秋日赋

暮露朝霜野草黄，西风冷雨天渐凉。

大雁结群远翔去，黄鹂分帮筑巢房。

老树发稀颜色改，流花体瘦青春亡。

笠叟垂竿钓海鲫，农夫翻岭采摘忙。

己亥年七月二十四日

无题

题记：清晨起来，红日东升，霞光万道，风和日丽。

日美风清艳朗天，云飞散落天宇间。

远看青山依苍翠，近观海水仍碧蓝。

海上白鸥逐客舰，荷塘彩鳍戏青莲。

树下黄童粘知了，石中老叟饮甘泉。

己亥年七月二十五日

秋思

梦里忽闻唱早鸡，门前小雀压枝低。

曲径回廊芳草地，弯溪流折鱼嬉戏。

颜色渐深山近老，容颜近衰皱如席。

满园生灵共涂炭，春回日转君莫急。

己亥年七月二十八日

辰时路过渤海边所见

海上无风雾遮天，白云笼罩三尺间。

举头仰天日不见，低眉觅地色无颜。

戏水游人似蚁密，投波健儿如梭穿。

日暗云遮天更爽，游人正当水中玩。

己亥年七月二十九日

无题

题记：昨日早七点二十去京探病，因返程无票至次日二点二十方返。

昨卯京都次日还，一回探病跨两天。

去返行程仅九刻，候机静坐十三点。

踏露晨晓驱车去，贪黑借火返家园。

友爱情谊深似海，身中辛苦心里甜。

己亥年七月三十日

邹忠平诗词选

八月咏秋

八月飞红落满山，风和日暖唱杜鹃。

小溪潮流澈见底，大山彩绘艳看绚。

墨犬猎物追黄兔，金鸡觅食抖红冠。

遍岭秋光夕晚照，霞光地景红透天。

己亥年八月初二

谈对与错

对错应为相对说，相依互斥共生存。

赤日炎炎后冷雨，白雪皑皑又还春。

钻木生烟堪伟绩，植浆造纸史新闻。

秦扫六合焚坑儒，千年历史尚争论。

己亥年八月初四

无题

赋养疗疾黑水边，独居小楼享清闲。

吊水终天日一次，茶酒相伴每三餐。

傍水观湖看鱼跃，依山望林盼叶丹。

海角天涯常牵挂，白发染鬓心难甘。

己亥年八月初八

小楼听雨

骤间黑云蔽朗天，湖光水色烟雨间。

点点秋光蒙翠绿，声声雨响醒心田。

冷雨接涛汇秋水，热风荡雾现渔帆。

远处琵琶沉入耳，何来怨妇恨秋寒。

己亥年八月初九

邹忠平诗词选

夸月

月近中秋分外明，婵娟何以国城倾。

百万神州同赏月，十亿大国共怀情。

月本无颜日打扮，星自有色月怎行。

而今人人都夸月，谁知太白自晶莹！

己亥年八月十四日

中秋情思

亿万中华庆团圆，天涯海角一线牵。

华夏神州共赏月，嫦娥广寒不孤单。

桂酒吴刚待访客，焚身玉兔济人间。

朗月秋风身自冷，浮云流水情思添。

己亥年八月十五日

怀月

渴望中秋月待升，十亿企盼睹芳容。

北塞南疆首同翘，长城内外情共钟。

憎恨苍天不作美，阴云密布锁娇胴。

美好何时从人愿？阴晴自主掌握中。

己亥年八月十六日

海关冷月

海上边关冷月光，归舟乐曲飞鸥翔。

万里长空星璀璨，千亩海域云飞扬。

远眺朦胧绿树现，近闻扑鼻桂花香。

饱览秋风心荡漾，石桌俯首做文章。

己亥年八月十七日

秋夜思

暑热出阁未梳妆，秋凉入赘上牙床。

壁挂空调不做伴，床头朗月透丝凉。

满腹心情难入睡，一首好诗载梦乡。

半世浮沉一腔爱，一夕挂甲何流芳？

己亥年八月十八日

看帅臻三兄弟西湖畔畅饮

日过中秋月尚圆，三仔畅饮西湖边。

小酒千瓶不觉醉，闲嗑半晌唠没完。

月亮失足落水里，悟能酒醉戏貂蝉。

宴毕扶墙不肯罢，西湖跳水救婵娟。

己亥年八月十九日

秋光赋

老树凄凄野草黄，山花漫漫泉水凉。

大雁凌空南飞去，小虫躲地栖身忙。

滚滚长河落日照，沉沉沧海升月亮。

万物今天失颜色，唯余丹桂自飘香。

己亥年八月二十一日

秋江月

晓月秋江水悠悠，西风劲扫物识秋。

遍野青山化五彩，一江碧水自东流。

百鸟欢歌唱笑语，千帆竞跃待丰收。

雨润禾谷金满地，霜侵橘杏笑枝头。

己亥年八月二十二日

湖上秋色图

八月秋风碧水清，云飞霞蔚点晴空。

冷雨纷飞洗万物，烟波浩渺锁双龙。

妙笔秋霜染五色，神光水上铺彩虹。

小岛用心排盛宴，遍赏秋色直抒胸。

己亥年八月二十九日

贺甲成伟、刘佳杨大婚而作

彩岫赤金天作合，郎俊女才古难得。

管乐声声结并蒂，花灯簇簇织爱河。

自古飞鹏择良木，而今彩凤依桐乐。

待得春风化细雨，高空比翼唱赞歌。

己亥年八月三十日

深秋踏青

九月天高旭日升，青山秀美湖水平。

遍岭春花知何去？一片落叶正飞停。

几度韶华染霜鬓，多少俏颜失华龄。

明月青山有复始，为人盛衰无复生。

己亥年九月初二

国庆

富国强兵事今圆，人民伟力大如天。

利剑强弩显强盛，星飞弹舞庆华诞。

铁水钢流呈多彩，山花香稻似礼赞。

祖国七十庆大寿，东方巨龙腾天安。

己亥年九月初三

复杨君生老师

夫子勤耕四十年，桃李遍地百花鲜。

孔丘一生千弟子，君生半世万世贤。

将相始出慧师手，贤达本自蒙昧迁。

没齿恩师永勿忘，巡涯学海畅无边。

己亥年九月初五

适逢中秋长假，为张翰林、朱文霞大婚而作

碧水清清秋草黄，关山处处红高粱。

五彩祥云飞烂漫，一片汪洋舞吉祥。

百鸟高歌庆国庆，千人祈福贺新郎。

细雨霏霏洒五福，秋风随愿做伴娘。

己亥年九月初七

嫁与秋季

谁说秋季不风光，千姿百态山吐香。

五彩斑斓满山秀，一湖碧水著文章。

遍岭丹桂漫处血，满枝金梨遍城香。

一地秋叶随风舞，秋风冷雨充嫁裳。

己亥年九月初七

重阳节登机返乡

九九重阳俗登高，八千公尺任逍遥。

垂首白云矮百尺，抬头炎日差三遭。

五彩群山脚下踏，七色彩虹脖上绕。

童子天边求访客，蛾眉伴你同登高。

己亥年九月初九

清晨冒雨逛早市

逛市晨早冷雨浇，滴滴打面似割刀。

小贩撑伞兴叫卖，行人掩面询声高。

小袋包包装大袋，大包鼓鼓分小包。

不慎一跤跌雨里，鸡鱼肉蛋烩一勺。

己亥年九月十一日

北塞黄昏曲

月淡天高日影沉，湖光水色波无纹。

二龙腾飞晚照里，三山半没彩云深。

翠竹远山风吹哨，丹桂满岭香袭人。

老树昏鸦呱呱语，明晨应见雨打门。

己亥年九月十五日

深秋早登二龙山

晓月银霜露水寒，长天彩霞落群山。

冷水微波起涟漪，骄阳紧裹觉身暖。

排雁南飞寻栖地，芳典在腹觅心安。

耳闻晨钟惊奇梦，红光映天共争先。

己亥年九月十七日

与友高楞小酌

赏叶高楞沐好风，黄昏小镇掌灯红。

丹桂香气飞小巷，白桦招手展笑容。

喜主门前欣待客，浓情设宴在交通。

美酒佳肴红棒槌，扶栏踉跄入房中。

己亥年九月十九日

秋早

晓月惨白半现残，秋风败叶飘满山。

排雁谁知何处去？大江依旧静无澜。

漫步广场宁止水，推门小店货品全。

与主闲聊待理发，烧肉三盘供早餐。

己亥年九月二十日

岛城春早

旭日出台饰彩妆，红裙曼舞天东方。

气爽天蓝秋景美，风和日暖春模样。

浊叶飞扬待秽腐，清波荡漾盼春光。

历尽沧桑霜染鬓，老夫含笑赏朝阳。

己亥年九月二十九日

寒衣节怀想

是夜街头漫火光，贤孙孝子家祭忙。

冥币饱含追思泪，冬衣做好御天凉。

两世天人互惦记，一应夙愿盼富强。

盛世民生国更好，重返共生再一堂。

己亥年十月初二

无题

忽地晴天撼霹雳，乌云滚荡雨泼急。

不知秋霜何处去，还见老鸦屋檐低。

半世人生多色彩，一遭入仕少人稀。

解甲归乡人亦老，门栏尚见谁相依。

己亥年十月初四

乌夜啼·秋夜思

听乌夜半悲声，甚凄惨！

怎知秋凉寒夜，满城风。

心滴泪。人憔悴。梦重归？

举望朦天圆月，否再升。

己亥年十月初五

迎哈大朋友

日暖温阳浴江山，天接露月心无寒。

远望河涛劲爆舞，举头喜鹊登屋檐。

大海千里送贵客，兄台子日迎船帆。

置酒杯杯叙旧事，老兄借醉抱婵娟。

己亥年十月十二日

送志方吾弟一行返大连

冬风惜惜欲心碎，细雨霏霏似眼泪。

两地情牵深比海，五天短聚如痴醉。

数日离别犹数载，十年友爱承十辈。

眼望大船渐远去，摇疼两手不觉累。

己亥年十月十四日

望月怀乡

美月今夕亮亦圆，别人北去隔峡看。

讯闻家中飞雪落，牵挂旧友冬衣穿？

月照冰霜北塞冷，风吹落叶东胶寒。

两地离愁隔山海，一怀苦念涌心田。

己亥年十月十六日

应天长·初月冷雨

一抹夕阳万山红，阴云冷雨月无明。

人难笑，小楼眺，绿村黄花何处找？

举步出门庭，千里江山无晴。

回身觅酒独酌，浇却愁苦情。

己亥年十月十九日

无题

近日烦恼乱事多，愁肠百结心婆娑。

屋漏偏逢连夜雨，车行泥泞遇陡坡。

旧患频发睛重影，新疾再染浴风波。

话道夕阳无限好，黄昏时节有风波。

己亥年十月二十一日

疾休抒怀

眼病休闲久不诗，无为每日茶餐之。

刺灸三回药敷面，汤头两剂酒伴吃。

子女牵肠常询问，师生惦念讯不迟。

旧病新疾渐转好，冰天雪后发新枝。

己亥年十月二十八日

入冬赋

十月阳春暖入怀，冰封雪舞冬寒来。

万里疆天寒风啸，千仞壁立笑梅开。

绿树纱袍怀抱雪，红灯彩面身抹白。

晓日霞光满颜色，冬花更似春风裁。

己亥年十一月初一

应邀去农家小院小酌

小院农家生气勃，鸡鸣犬吠鸭鹅多。

老马村旁嘶吼吼，小猪圈里乐呵呵。

野菜肥鸡香数味，农烧美酒醉几波。

故友倾心询病事，稀年老叟自称佛。

己亥年十一月初二

初冬雪

雪沃兴安透映天，冰封秀水江河坚。

旭日云影北塞月，凛风冽雪旌旗杆。

铁臂飞扬战大地，裘衣铺雪就小酣。

遍野白桦列巨阵，苍鹰展翅跃雄关。

己亥年十一月初四

独隅有感

冰莹雪晶霞满空，旭日初升映雪冰。

雪沃飞花驰喜报，冰封重结凝真情。

好友千金渐日近，待君十日剪烛影。

把酒三杯祝相守，甘苦与共终世铭。

己亥年十一月初十

北国风光

北国梨花舞满天，三千里路少人烟。

大雪席地八千尺，高楼尽没九天间。

峻岭银装清一色，黑水静动分两边。

百尺莹冰铸楼宇，冰宫雪宇尽开颜。

己亥年十一月十四日

北去归来随想

北去归来沐暖阳，南看秀岭半苍茫。

翠柏苍松失颜色，残花流水着银装。

遍地白银拾不起，漫天放花嗅无香。

海上飞鸥逐去远，城中百里尽灯光。

己亥年十一月十七日

恨冬寒

长恨冬寒替夏风，天边地脚白絮生。

日暖千红终有力，霜寒万物暂无能。

大海依然浪涛美，小河早以结冰凌。

冷月何时望终了，星移斗转盼雷声。

己亥年十一月十八日

星夜家乡小城游

夜暗裘装小城游，昂然水獭饰包头。

沃雪莹莹铺大地，寒风凛凛扫滨州。

广场白须吹唢呐，街头彩旦扭春秋。

老夫吟诗对朗月，激情澎湃自难收。

己亥年十一月十九日

松花湖畔观梅看雾凇

气爽云飘北风呼，松花水畔看日出。

雪打红梅口含玉，霜侵绿柳身披珠。

水热天寒气升腾，枝垂泪断柳不哭。

百里长堤呈壮景，龙宫笑对色不输。

己亥年十一月二十日

遇半岛冻雨随想

冻雨浇身透心凉，天寒瑟瑟非寻常。

六月多少晴酷雨，冬来岂知雪冰霜？

养犬难料反害主，交人有预会心伤。

一世善良怎到头？良知未尽不迷茫。

己亥年十一月二十日

初冬岛城

苍海骄阳绿浪翻，白云沃雪黄石山。

半山拦腰吞没雪，半山刺入白云间。

瑟瑟冬风刀割面，和和暖日身披衫。

且把清酒烫两碗，三杯下肚好御寒。

己亥年十一月二十三日

冬至寄语

北国冬来大雪飞，阴云冷雨催阳归。

临海高楼留印迹，堂前小院白絮堆。

岭上梅花蕾绽放，山川碧水凝可坏。

煮酒烹牛邀老友，清茶淡酒扫征灰。

己亥年十一月二十七日

微信

手握一机自在连，天涯海角咫尺间。

北塞冰城同沐雪，南疆三亚共享滩。

万水相隔隔万水，千山阻挡挡千山。

一曲情思一盏酒，从此不再别亦难。

己亥年十一月二十八日

邹忠平诗词选

乒乓

题记：昨日见君生老先生打乒乓球，在闹钟嘀嗒声中入梦而作。

昨夜嘀嗒入梦中，疑如老夫乒乓声。

自始天生性倔强，老来趣事多发生。

有兴玩童晚岁好，无为找乐日实诚。

挚友师徒岁现老，黄昏共赏夕阳枫。

己亥年十一月三十日

咏梅

北国天寒狂雪风，千山万壑欲压崩。

大海行风万丈浪，竹林落雪千山青。

昨夜飓风昨夜雪，今朝寒梅今朝松。

半壁江山白一色，唯看梅花别样红。

己亥年十一月初二

飞雪

题记：为友人发来北方漫天飞雪视频而作。

北国乡城春意闹，千山万岭梨花飘。

眨眼飞絮三千尺，瞬间玉砌九重霄。

玉肌冰骨清若雪，朱唇皓齿柔含娇。

百态千姿香伴美，神工鬼斧待匠雕。

己亥年十一月初四

元旦

幸福铺天盖地来，千山万水扑入怀。

北国祥风送瑞雪，江南细雨放花开。

海角天涯承牵挂，五湖四海传自拍。

老幼妇孺皆同庆，快乐手机日夜玩。

己亥年十一月初七

腊八

题记：送给他乡朋友兄弟姐妹的一碗腊八粥。

腊月高寒今渐消，梅子含笑迎春潮。

两地离愁常思念，一碗好粥喜眉梢。

大爱常怀挚意在，微恩永记情商高。

久念他人点点好，慈心善念佛念骄。

己亥年腊月初八

看长廊梅花

雪瘦天蒙日渐白，清风细雨似春来。

半岛今晨添暖意，书楼去夜开梦怀。

久盼群芳争美艳，怎喜孤卉独自开？

小院低吟醉花曲，长廊曲径自徘徊。

己亥年腊月十二日

赠莱阳市女企业家协会

商海鏖战不畏难，搏风斗浪视等闲。

木兰从军图报国，尔掌帅印敌胆寒。

创造财富为国盛，胸怀大志比儿男。

勇立潮头顶激浪，巾帼气概美红颜。

己亥年腊月十四日

孙女生日

题记：为大孙女十四岁生日而作。

鹊喜梅笑景色真，风清雪舞沁人心。

北国风光不恋好，娇孙生辰正是今。

半岛冰城千里远，爷孙长幼一心亲。

似箭归心五更起，原为老少共温馨。

己亥年腊月二十日

好人难做

赤日炎凉皆骂声，风吹大小均有评。

费尽心机做好事，难为世上他人称。

肺腑掏出解汝饥，心血耗尽即无情。

夏念芭蕉逍遥好，秋来信手去无声。

己亥年腊月二十三日

小年祭

小年祭灶上九天，糖瓜一抹嘴巴粘。

玉帝天宫多讨福，神仙宝殿少闲言。

道尽人间万般苦，说明天下千丝甜。

翘首人们盼接福，除夕夜携四神还。

己亥年腊月二十三日

迎春节

好节春归尚待中，烹牛宰羊忙碌疯。

妻盼别夫埋心底，母盼归子念有声。

扫院擦窗理卧具，贴联结彩备花灯，

福至蓬门盛子夜，合家幸福沐春风。

己亥年腊月二十六日

读唐宋诗词选

美妙诗词兴唐宋，明人大家贯若虹。

怅惘民情属老杜，华美狂放有李公。

大雅大俗白居易，忧民忧国陆放翁。

用尽唐宋万古墨，留住历史千秋功。

己亥年腊月二十七日

迎甲子

己亥方余一两天，春风甲子笑逐颜。

首任生肖鼠自好，排名肖尾猪聚钱。

朔充天成有甲子，干支配伍好纪年。

耳畔微风动响鼓，春光翘首近眼前。

己亥年腊月二十九日

邹忠平诗词选

拜新年

——送天南地北的华夏人

雪融冰消丽日娇，莺歌燕舞闹春潮。

海角天涯同喜庆，长城内外共今宵。

节日快乐寿福多，春来大地喜气高。

遥祝他乡朋友好，微信拜年实妙招。

己亥年腊月三十日

清平乐·半岛春来早

雄鸡报晓，半岛春来早。

放眼青山梅羞笑，风光今日最好。

鹊上枝头高鸣，燕踏残雪喧闹。

结彩张灯不夜，喜迎人间春到。

庚子年正月初一

邹忠平诗词选

初春夜雨

喜雨昨偷袭港城，今晨遍地透光明。

一口清风神百倍，千步缓行一身轻。

肆虐毒妖害人类，唤来悟空敢不停。

十亿神州谁撼动？神针定海千波平。

庚子年正月初四

冠状病毒肆虐中破五有感

破五寥无爆竹声，房檐惨淡闻鸦鸣。

鼠岁初春人不爽，大年将至鬼蜮横。

重镇江汉穿南北，黄鹤紧锁不西东。

遮日黑云岂久远，明日遍地起英雄。

庚子年正月初五

无题

鼠岁众神降碧空，瘟神错落楚界中。

大任将赴经历练，小灾尽除渐天晴。

十亿神州同敌忾，三千汉将尽英雄。

伟力齐心惊世界，驱疫看吾雷火功。

庚子年正月初六

写给大美名城武汉

武汉重城史有名，文人墨客皆颂称。

浩渺烟波画船舫，江湾涛静席钓翁。

黄鹤楼前松柏绿，鹦鹉洲上草木青。

九派江河流不尽，劫后更现豪杰情。

庚子年正月初八

楚天

题记：冠状病毒扰乱了节日、节后生活，遂作五律二首。

其一

春风且带冷，节去不能行。

极目望楚天，千里墨云横。

好山行寂寞，秀水江无平。

黄鹤不归路，只闻拍岸声。

其二

楚天江山美，岂任鬼横行。

赤日扫阴霾，春风催雨生。

霏霏刷世界，和和江水平。

还我河山美，天地眷我情。

庚子年正月初十

胶东半岛喜雪

瑞雪昨天半岛飞，无花似絮送春归。

碧海红阳高挂起，清风明月相伴随。

寂寞私宅消日夜，牵心楚地怨农灰。

百变妖魔千狂虐，黑云不挡日光辉。

庚子年正月初十

大灾之年迎春曲

悒雪伤情泪欲流，青山碧水恨不休。

梅子今天无颜色，春风翌日有盼头。

楚地逢灾牵人心，神州遇难皆小忧。

迟到东风迟早到，东风化雨春依旧。

庚子年正月十一日

居家小酌

久宅家中厌倦忧，一尊火炉涮心愁。

四卷羊排话沽酒，半部《论语》评春秋。

眼望长空唱北雪，低眉小楼吟南幽。

大难平复方几日，河山十亿坐楚囚。

庚子年正月十二日

宅中读书听雨

浊酒清茶书史经，倚窗赏鸟听雨声。

躲疫深宅出不得，防灾小楼吟诗听。

浊酒三盅泄郁闷，清茶一盏释痹痛。

远望楚天阴云布，高歌奋起唱大风。

庚子年正月十四日

辞节春潮夜

滚滚爆竹似惊雷，皎皎月色洒春归。

绿水青山今遗憾，灾星害鬼逞狂威。

海上月光今不朗，江中泊客昨成堆。

此岁元宵永岁记，男女老少共含悲。

庚子年正月十五日

观第五季中国诗词大会总决赛有感

朗月青山蔑小虫，春风浩荡爽意清。

韵律诗文谁李杜，词坛巨匠若繁星。

万古永吟《将进酒》，千秋绝唱沁园情。

逝者名篇成瑰宝，儿童少辈开新屏。

庚子年正月十六日

晨起看央视电视剧《西游记》主创人员再聚首有感而发

细锻精锤几多功，汗水心血浇铸成。

百看千播人不厌，千嚼万咀味更精。

三国杰作复再版，西游不刊千秋铭。

此去灵山唤大圣，芭蕉信手焚小虫。

庚子年正月二十日

天降祥瑞袪恶邪

大雪婆娑夜狂吟，一夜不见千尺深。

万树千山清一色，千姿百态路两分。

岛上高楼楼银冠，街头雪没没伊人。

渤海天涛愤怒吼，苍天有眼灭瘟神。

庚子年正月二十二日

雪后不融，满街冰冻，春冷胜冬

大雪如倾尽不融，东风劲若北来风。

万巷千街雪装点，百陌千巷冰铺成。

绿树枝头无落鸟，梅龙蕊里含莹冰。

鬼蜮妖魔何所惧，人民伟力楚天明。

庚子年正月二十三日

看《三国演义》电视剧演职人员再聚首

汉末群雄角地盘，龙争虎斗非雄奸。

用尽心机为霸业，耗失脑洞抢方圆。

百战烽烟灵涂炭，三分天下定中原。

三国归晋成一统，分合鏖战几十年。

庚子年正月二十四日

为忠庆兄所摄奉节古城美景题跋

奉节诗词第一城，天光水色透清明。

杜甫登高繁霜鬓，李白泛水听猿声。

峭立瞿塘峰似剑，长江潮泻势如倾。

觅句寻章千百度，堪及囗州一日行。

庚子年正月二十八日

龙头节

二月初二角宿升，龙威扫却鬼蜮行。

百姓欢呼解冠禁，农夫悦色备春耕。

北国锅煸甜糖豆，南方寺祭土公翁。

和和春风荡霾去，滴滴喜雨兆年丰。

庚子年二月初二

闲看《红楼梦》

题记：宅家近三十日，闲看《红楼梦》。

浩海千尺怎载愁？浓云万丈心忧忧。

鸟雀窗前劲歌舞，斯人化宅坐牢囚。

盛景千家寥人影，楚天万里长江羞。

宝黛不知今日事，独倚小楼享春秋。

庚子年二月初三

多睡久梦

卧枕昏昏入梦乡，陈年久事重曝光。

贫贱莫移弥天愿，勤学不改初衷肠。

商海浮沉身渐老，春秋轮替鬓染霜。

靓女俊男多少事，如今含笑叙家常。

庚子年二月初五

絮雪春梅

题记：看升华老师飘雪中玉照而作。

雪打春梅分外俏，风侵傲骨别样娇。

岁月沧桑不掩玉，年逾耆老乐逍遥。

半世为师终身表，三年学子受益高。

两地相隔千万里，情思尺素雪中飘。

庚子年二月初六

献给君生老师

雪打霜侵不老松，经风沥雨腰不弓。

是非曲直犟脾气，荣辱兴衰心从容。

自幼聪慧少持重，长成鹤发老顽童。

耄耋年中再发奋，春风得意夕阳红。

庚子年二月初六

小院晨晓

幽幽小院中，无鸡犬启明。

犬不更守夜，鸡事犬为行。

开帷观晓日，闭窗览残星。

浮云遮不住，大地透光形。

隔窗看鸟舞，近水听涛声。

青竹日日翠，蓓蕾天天红。

春光无暖意，夜雨冷封城。

只待桃花放，万众享春风。

庚子年二月初七

赞九〇班群

地北天南同窗群，潮男倩女鹤发人。

半世分离无暇聚，一波喜会情牵魂。

老叟玩童上微信，娇妇少女弄抖音。

万水千山日日见，青风朗月爱无垠。

庚子年二月初八

浅说人生

如梦人生感觉中，来时去也皆空空。

有欲操劳尽懊恼，无为快乐不轻松。

锦玉天天不如意，粗食日日乐无穷。

善待生灵尊万物，敬畏自然享中庸。

庚子年二月初九

盼春暖花开

月冷春深鸟未来，阳骄不暖花难开。

街巷行人皆罩面，江山秀美念心怀。

含恨青山低垂泪，携伤龟蛇高怃哀。

我劝天公亮法眼，人间春暖花复开。

庚子年二月初十

莱阳行

题记：结束四十天休眠，今日驱车莱阳行。

一月休眠始此行，莱阳造访心难平。

大街人稀车行少，商城半闭谢不营。

偶遇行人罩美颜，通关哨卡测阴晴。

总是乌云难遮日，春风劲舞盼光明。

庚子年二月十一日

蛰日夕阳冷月

冷月夕阳碧水清，山郭古寺诵经声。

玉帝无暇人间事，雷公有爱楚天平。

笑对瘟神狂虐事，悲向恶鬼宝剑挺。

历尽艰辛成大道，桃花依旧笑春风。

庚子年二月十三日

看升华老师携孙小院戏耍而作

俏奶携孙下小楼，风清日朗享自由。

树影婆娑迎日舞，花枝摇曳随风流。

久盼春风不顺意，常寻细雨洗忧愁。

暖意浓浓报春到，与孙共乐好春秋。

庚子年二月十五日

沁园春 · 2020 年春节

皑雪蒙羞，日月无光，楚天云悲。

望长城内外，人流寥寥，大河上下，灯火无辉。

黄鹤远去，龟蛇垂泪，楚外游子恨未归。

咫尺隔，似海角天涯，无缘欢会。

魔鬼肆无忌惮，党率人民协力发威。

喜全国举力，同舟共济，科学决策，精准调配。

一方有难，八方支援，戎装白衣共国徽。

向东方，看曙光初照，世人敬畏。

庚子年二月十九日

看《水浒传》评宋江

小吏权谋假匿真，常将伪善隐恶痕。

小惠施人窃寨主，大谋陷弟换蟒身。

逆道应君讨方腊，除患畏帝杀莽人。

恨遗千秋羞历史，何人身后敢报恩？

庚子年二月十九日

宅家

题记：宅在家里五十天有余，心烦意乱，不胜煎熬。

久卧宅中雪满头，银丝对镜更添愁。

万马千车载不尽，千川百海难容留。

室外乌啼惊心碎，屋中犬吠喝难休。

醉里怀梦思三国，长江滚滚向东流。

庚子年二月二十二日

钗头凤·春恨

风不东，春无情，惊蛰刚过闻雷声。

天不朗，乌云厚，润雨未来，冰雹先行。

恶、恶、恶。

花无秀，人不就，白衣齐聚楚天透。

巧运酬，准施策，拨云见日，世瞩中国。

乐、乐、乐。

庚子年二月二十三日

赞宾县二中九十班师生群

群里奇葩展秀香，才男倩女鬓皆霜。

早岁芳华容正美，今夕老态俏夕阳。

老曲千支忆旧事，新歌百转赞风光。

长小无尊共嬉戏，儿孙琐事唠家常。

庚子年二月二十四日

小楼情思

小楼凭窗觅好风，骄阳暖日沁心胸。

绿芽初蕊吐满树，黄鹂飞歌唱太空。

旧恋依依桑梓恨，霜鬓惜惜同窗情。

聊以手机表心迹，清风朗日怀念中。

庚子年二月二十六日

人类的罪恶

万物生长靠自然，恃强凌弱有违天。

绿水青山帝造定，生态物种自育繁。

虎豹无知天兽性，人类有识知耻廉。

旷宇星球唯一隅，生灵共惜同苦甘。

庚子年二月二十七日

赞美九十班群里两位尊师

才女慧男莫等闲，龄接耄耋恰少年。

女似黄鹂常鸣柳，男如猛虎频啸山。

而立芳华为徒献，夕阳晚照又共欢。

雪打风吹数十载，桃花笑对艳阳天。

庚子年二月二十八日

为宾二中九十班师生交流群亲们画像

放野无垠遍地金，油花广袤藏佳人。

发与黄花共起舞，眸比明星更销魂。

纤纤细腰风摆柳，矍矍气概抖精神。

一抹夕阳红似火，黄昏晚照写青春。

庚子年三月初一

再画脸谱送忠庆同学

自幼循规守纲常，天资慧颖不争强。

奋力深耕寡诳语，倾心家国多文章。

抖上长空惊大鸟，摄出美景煞群芳。

若不华年逢动乱，神针定海必栋梁。

庚子年三月初三

月淡星疏彩满天

题记：今晨推窗见日朗天晴，霞光万道，心情爽朗，
欣然而作。

月淡星疏彩满天，风清日朗云不添。

躲疫宅家心不爽，失劳闲经身渐宽。

错借玄香做美酒，姑求逸睡当醉酣。

日奏拙文成一曲，亲朋好友共评看。

庚子年三月初六

黄昏

题记：黄昏月升日落，日月交替，霞光万道，十分美丽。

晚月初升伴木星，夕阳西下半坡红。

忍泪嫦娥空寂寥，失情织女望无踪。

恨触天条怨西母，严循地令躲疫情。

两目凝凝面沧海，拔刀斩鬼还太平。

庚子年三月初六

黄昏登赤山有感

矫步夕阳彩满天，红云尽染万重山。

远望柳梢升弯月，近观绿海落阳圆。

白首精梳日渐少，雄姿细养难从前。

日没西山明东起，人生永不再童年。

庚子年三月初八晚

清明

节令仲春又清明，封城莫忘祭祖行。

就轸飞奔千里远，依窗睡眼三忪惺。

密布阴云天欲雨，燃香奉供人怀情。

挈妇将雏行跪拜，以扬孝道成家风。

庚子年三月十二日

春日惜短

雪压霜欺盼春归，春来好景短可悲。

盛放桃花二日艳，和煦美日三天辉。

日落西山明再放，韶华逝去不能回。

雪鬓方知人生苦，夕阳下面心含悲。

庚子年三月十四日

赞九十班群

才子佳人聚一堂，说学逗演任考量。

弟子恩师共品鉴，郎才女貌俏夕阳。

日近黄昏天不晚，阳方落下霞飞扬。

安得童心人不老，巧言妙语好文章。

庚子年三月十六日

欣闻武汉今日凌晨全城解封

月亮星闪夜色明，春风喜染黄鹤城。

绿柳青竹遍岭翠，鲜花彩蕊满山红。

爆竹声声唤解放，旌旗猎猎庆新生。

借问瘟神何处去？钟馗十亿享太平。

庚子年三月十六日

迟到的春雨春风

细雨轻丝打小楼，和风惠顾老夫头。

北望冰城思秀色，南看媚鸟甩貂裘。

瑞雪横行有几许？春花灿烂无法留。

翘望初阳又升起，春光几许使人愁。

庚子年三月十八日

读李白《将进酒》

酒至微酣信笔来，千情万绪出心怀。

九曲黄河自天降，一腔欣喜由酒来。

潦倒一生成大作，豪饮半世自不哀。

力士脱靴杨研墨，天子呼唤不登台。

庚子年三月十九日

春光圆舞曲

日暖霞飞淡月光，风清气爽云飞扬。

万岭梨涛白如雪，千山林海绿似江。

百鸟争鸣享秀色，千花怒放竞芬芳。

碧水轻歌唱晓去，游鱼跃水戏逞强。

庚子年三月二十二日

赞大作

题记：晚八点四十八分，返烟途中见君生、升华老师
及忠庆同学大作而作。

灰楼大作世绝伦，屈子《离骚》岂足肯。

眼底波涛接天涌，窗外细雨正敲门。

古道将门无犬子，今看接力有来人。

满园春色关不住，千枝万朵香透魂。

庚子年三月二十二日

梦里怀乡

瘟疫横行月有三，无时不把故乡牵。

梦里依稀嗅沃土，晨曦泪水湿枕边。

痛饮他乡孔府酒，终怀故里二龙泉。

北望边关冷月照，昔人不见心相牵。

庚子年三月二十三日

观油菜花

满地黄金铺天来，千山万岭菜花开。

置入花间浩若海，遥看巨浪入情怀。

了去此身无憾事，花中好梦有心裁。

仰望关山伴风舞，千情万绪尽藏埋。

庚子年三月二十四日

邹忠平诗词选

赏忠庆所摄郁金香图

遍地郁金映日红，千枝万朵火把擎。

远望千山点点火，近看万里盏盏灯。

雨打霜侵秀不改，风吹日晒杆更青。

寓意吉祥百合属，源自故国欧根生。

庚子年三月二十四日

师徒照

夫子丢人松江边，茫然四顾江水宽。

饭饱寻花江畔赏，酒足问柳青石眠。

梦里空含思子泪，醒来盼顾念徒安。

左右彷徨寻去处，叟命师生留雅片。

庚子年三月二十五日

谷雨

谷雨晨抛贵胜油，农耕预示好年头。

谷物葱葱泛绿起，冬麦郁郁似青流。

柳絮杨花漫撒雪，莺歌燕语撼红楼。

雨里农夫笑洗澡，风中老叟拄杖愁。

庚子年三月二十七日

读升华老师大作

秀女文章美绝伦，香飘四溢吐芳芬。

旧事重提爱无限，新情再叙谊为真。

半世耕耘滋沃土，一腔热血育后昆。

日落黄昏尽晚照，福寿共佑耄耋人。

庚子年三月二十七日

晨练心曲

日朗飞云淡亦疏，东风道似秋风初。

满树樱花昨怒放，一地落红今飘忽。

岭上枯枝叶迟绿，湖中苇荡鱼没出。

渤海潮掀千尺浪，听涛北望念龙湖。

庚子年三月二十九日

喜题九十班群

题记：喜看九十班群中君生、升华老师，忠庆、顽童、淑杰等同学纷纷写诗撰文，立志抒情，怀旧感慨，观景惜春，歌颂夕阳，珍惜时光，不胜激动，欣然命笔。

其一

苦就三年不觉寒，师生戏若兄弟间。

俊女才男巧搭档，贤兄倩妹凑一班。

师自名门学问大，徒出慧家抱负坚。

疾雨狂风大劫难，天涯海角各一边。

其二

社会熔炉闯难关，恩师教诲润心田。

汗水浇出祖国盛，心血换入合家欢。

雪染风侵霜染发，星移斗转古稀年。

手握一机每日见，儿孙绕膝乐无前。

庚子年三月三十日

戏师生诗人群礼赞

雨叩烟台雪打边，临风立雪九十班。

冷暖无畏少有志，诗词有趣老圣贤。

画意诗情人竞秀，文章戏曲气出田。

雨雪淋身何所畏，湿人群里享夕年。

庚子年三月三十日

在武汉封城的日子里

独自汉江泛小舟，白云墨染大江头。

浩渺烟波吞江夏，阴霾密布无鹤楼。

九派含悲低垂泪，一线嗜睡卡荆州。

欲探黄鹤囚楚地，紧锁龟蛇断咽喉。

庚子年四月初二

问早安

海水泛红旭日升，祥云万朵缀长庚。

燕舞莺歌春意闹，鸡鸣犬吠鸣晨钟。

梦里依稀怀友泪，晨曦阵唤催铃声。

海角天涯祝共乐，天南地北享太平。

庚子年四月初二

昨晚出外踱步，见金星伴月随想

月似弯弓星如灯，灯光淡映冷寒宫。

忍看嫦娥低垂泪，恰闻玉帝举杯声。

后羿难怀月下事，天蓬憎恨娇无情。

盖世幽禁空寂寞，宅家躲疫似幽宫。

庚子年四月初四

感谢关怀

万物从诞趋死亡，循规蹈矩莫黄粱。

富贵天赐莫抗拒，贫穷命予休逞强。

宿有八斗升怎满，命终五更寿天亮。

善事多行终福报，屈心不为祸勿防。

庚子年四月初八

邹忠平诗词选

美日浮云念小乔

好日妖娆美女娇，白云宽带秀蛮腰。

地暖春深花怒放，天青云淡树影高。

大美江山添秀色，小姿楼台远听箫。

借受春风心气爽，闲情逸趣思小乔。

庚子年四月初十

昨日黄昏

题记：昨日黄昏，见胶东岛城浓云密布，乃丈高楼半没云中，高楼倾刻随云舞动。

万丈高楼半没云，云低楼舞沉黄昏。

晓霞当空陪霓舞，昏花盖地秀诗文。

小院环行千百步，溪边垂柳两三人。

尺素依云捎书去，师生似仲寄心魂。

庚子年四月十一日

为小草所发宾州福地二龙山

故地黑土日牵魂，山光水色恋乡人。

夏雨春光已递替，冠毒疫病依锁身。

绿水无辜空自淌，青山有鸟谁暇闯？

睡里常怀故土梦，山隔海阻再叩门。

庚子年四月十三日

醉眼赏夜

醉眼迷离享夜风，云稀月朗星光明。

绿草红灯麦吐秀，蓝天碧水花迷蒙。

锦鲤翩翩戏静水，风竹瑟瑟吹啸声。

瀚海休猎无钓事，渔夫把酒夜赏灯。

庚子年四月十三日

恨、恨、恨

万里长歌哭祸年，横笛短奏啸青天。

鼠闹除夕夜不静，毒侵大岁年无欢。

子交无灯景照旧，新桃有备门依然。

举杯独酌缺朋友，孤独倍觉五更寒。

庚子年四月十四日

盼月圆

日日家居似火烧，昏昏欲睡倍煎熬。

昼度无聊三起卧，夜息有梦五更号。

故地冰轮久不见，他乡月朗今似刀。

地北天南人牵挂，群里无心抖风骚。

庚子年四月十五日

看群喜题

邹 忠 平 诗 词 选

题记：每天看到群里师生诗词歌赋、书画摄影，满满的正能量，满满的夕阳红，欣作。

日日夕阳看大潮，天天群里赏《离骚》。
老眼观花花更艳，醉眸望月月倍娇。

才子二中知多少？娇娥九十莫低高。
秀女干男夕晚照，师恩如海夕阳聊。

庚子年四月十六日

雨中去莱阳

日暗云低天茫茫，全程暴雨奔莱阳。
草色青青雨洗树，湖波碧碧水放光。

自幼平生苦作乐，从来有福莫先享。
沥血呕心终不悔，甘为后昆做嫁裳。

庚子年四月十六日

母亲

题记：今天是阳历五月十日母亲节，祝天下的母亲节日快乐，幸福安康。也愿我的母亲在天有灵，乐享天堂。

大爱无疆属母亲，含辛忍痛育后昆。

苦危艰难一担起，锦衣玉食系儿身。

剩食粗布自享受，铜板饰物暖人心。

善举频频众称道，神州遍插康乃馨。

庚子年四月十八日

半岛夏日晨光

半岛晨辉日暖天，风和气畅赛江南。

遍地鲜花怒斗妍，一席彩蝶舞争先。

碧水欢歌东逝去，红鱼腾舞西湖边。

百鸟林中群放唱，师生群里大联欢。

庚子年四月二十日

晨练有感

晓月寒星漫布云，松林古寺朱漆门。

海水汹汹千尺浪，青山瑟瑟半入沉。

半岭太极催落月，一山漫步留印痕。

万事岂逐随吾意，今生只求不负人。

庚子年四月二十七日

书赠杨老夫子

九十班中未地震，何来群里蘑菇云？

古稀之年自找乐，黄昏已近别较真。

宰相腹中泊航母，明君殿下尽贤臣。

莫忘鹏举死在谏，千古遗恨梦中人。

庚子年四月二十八日

无题

题记：天近正午，日朗天晴，风和日丽，心情甚佳。

午日当空渐好晴，云飘日照现光明。

老树遮阳叟对弈，莲叶盖雨童泳行。

疫后学生初入校，锄前百姓早系铃。

老夫闲来思故友，闲聊上网自刷屏。

庚子年四月二十九日

卜算子·说群

沸群九十班，好句多人睹。

岁进夕阳寻有乐，不畏讽和妒。

无意比才华，情在身心富。

餐后茶余自得乐，学友同温故。

庚子年四月三十日

无题

小院柔光送暖情，鸢飞鸟语溪流声。

爱犬围身嬉戏闹，花猫上树抓流出。

九曲篱笆花盛放，一枝玫瑰火满城。

漫步闲庭歌盛世，山清水秀夕照明。

庚子年四月三十日

海涛赋

大海狂涛浪接天，天蓝海绿翠无边。

举目茫茫满眼雾，低头漫漫黄沙滩。

故土分离三十载，他乡几近古稀年。

夏雨春风今又是，他日疫去把乡还。

庚子年闰四月初二

看美国疫情泛滥

大象骄横小鼠何，无耻妄自夸大国。

指点江山鹿做马，生非滋事丧国格。

老普生来少教养，小虫弄祸多难磨。

满腹私欲吞地球，天诛地灭定伐柯。

庚子年闰四月初三

摸鱼儿·忆龙湖欢会夜

夜无眠，灯光如柱。

歌声动地曼舞。擎湖碧水轻拂面，行程洗却辛苦。

春又夏，寒窗度，一别不见思无诉。

和风轻抹，看白云飞舒，月光柔美，群星凭天舞。

离别诉，四十六年如故。

人生蹉跎千苦。悲欢离合天伦事，同窗倾诉来去。

忆往昔，观母校，沧桑巨变名不叫。

自叹有误，万佛漆门朱，龙山游子，归来享烟湖。

庚子年闰四月初四

邹忠平诗词选

渴望二龙湖

雪化冰融一百天，宅家抗疫无缘还。

绿水昨天否露脸，黑土近日可耕田？

岛上湖鲜香满案，席中老友亦猜拳？

钓客垂头柳荫下，相思念友泪珠涟！

庚子年闰四月初五

竹涛闻笛

入夏初识日朗天，骄阳如火兆祥年。

大害难妨歌盛世，小虫怎奈共平安？

故国十亿同铁壁，楚民千万共克难。

借得轻风逐霾散，神州一曲扬顺帆。

庚子年闰四月初六

浪淘沙·忆那夜龙湖畔

月夜笑湖边，学友同欢。篝火连绵唱不断。

淘尽红歌忆旧事，浮想联翩。

往事四十年，豪气冲天。囊萤映雪思报国。

两鬓含霜空了事，徒怀心愿。

庚子年闰四月初六

忆母校

地北天南母校来，当年小子鬓染白。

旧地重游老追忆，新楼朗语少抒怀。

校友迎亲似接驾，师尊引路侍徘徊。

热泪涌泉流不止，多少不舍洒楼台。

庚子年闰四月初八

怀旧日

水长山高皆不低，同门校子似胶漆。

儒教为师诲不倦，张籍做仕后昆提。

九百多天喜欢聚，四十六载伤别离。

有幸龙湖再一面，老来海角互相依。

庚子年闰四月十一日

儿童节的歌

记得六十多年前，红衣少女美童颜。

稚气十足心向阳，红旗一角脖上缠。

世事沧桑催岁老，生活磨砺染霜斑。

近稀恨将夕阳晚，霞光万道映红天。

庚子年闰四月初十

纪念同学欢会三年

又是龙湖四月间，同学聚会三周年。

碧水青山早有愿，红杉绿树倍魂牵。

疫病恶魔阻路远，宅家百日心相连。

岁近古稀故人少，昨天景象浮眼前。

庚子年闰四月十二日

写在闰四仲夏

闰四天闷倦叶黄，芭蕉猛甩不觉凉。

柳絮纷飞眯住眼，杨花起舞落鱼塘。

漫野麦田飘香气，河畦稻谷见鱼光。

荷锄农夫理荒秽，挥竿老夫钓鱼忙。

庚子年闰四月二十一日

向佛新篇

不信佛说信善行，倾心向善事必成。

礼让他人是修养，佛经入脉心自清。

吾日三思吾自过，他天久念他人名。

报国忠君诚孝悌，修身养性爱友朋。

庚子年闰四月二十三日

长夜思

榻上凝思久不眠，声声夜雨敲栏杆。

半岛波涛浪照旧，龙江绿海水遮天。

两地千山两地爱，一情万种一情连。

待到《离骚》弄棹日，籴包艾草祭屈原。

庚子年五月初一

给天下父亲的歌

父爱如山似海深，亲情永藏心凝沉。

大事临头自力挡，逢惠见诸子女身。

永续家规做典范，生念孝道传儿孙。

不恃强欺常自省，忘却尊卑共仁人。

庚子年五月初一

望苍山碧水

远望苍山绿化蓝，游鱼碧水跃依然。

暴雨惊天夜拍岸，浓云密布不亮天。

几日新朋喜再见，每天旧友忆流年。

墨染白发骇日晚，虹光雨后更无眠。

庚子年五月二十四日

伏日高楞城

伏日高楞日影明，三赴小镇情升腾。

日照林中人觉暖，风拂杉树鸟竞鸣。

老友新朋江畔聚，松江水深难堪情。

待客周全呈盛意，香芹晓娜许荣静。

庚子年五月二十五日

罗密会友

罗密三天躲暑凉，新朋老友热心房。

立娜夫妇胜接驾，许荣姐妹赛阁忙。

踏遍青山留烙印，看穿碧水透衷肠。

海枯石烂心不改，此情永世铭难忘。

庚子年六月初一

夏日送别

酷日炎风雨水连，人烦马懒鸟难眠。

海上渔夫低垂钓，石阶老叟摆棋盘。

雪发时光自觉短，流花几度又荷残。

晚照夕阳无限好，秋风又要叩门栏。

庚子年六月十一日

深夏湖畔晓

晓日爽风尽染中，湖光水色微粼平。

莫道冰城夏日好，何寻岛女咏歌声。

细雨薄云承盛谊，佳肴美酒寄真情。

吴地享乐承爽事，常牵蜀国月儿明。

庚子年六月十二日

凭窗远眺图

六月流火气温高，骄阳正午割肉刀。

远望南山颜色老，低眉北岭艳红焦。

近水竹林听短号，凭窗对面闻吹箫。

老汉伸手不得果，空白浪费烫伤膏。

庚子年六月十三日

看潮起潮落

碧浪千顷荡绿波，熏风梅雨遍城郭。

旭日霞光彩虹现，飞云淡月残星和。

夏雨欢歌日日唱，秋风招手天天多。

更是一年夏日好，骄阳暑热耐几何？

庚子年六月十五日

朗日天舒颂

树静天舒秀水明，瓜熟蒂落苞实成。

美景餐前先试水，佳肴品罢后点评。

老友新约今日至，新朋老叟共叙情。

远看天边飞琼雁，烟波浩渺雾迷蒙。

庚子年六月十六日

夏秋交替

秀水东流不转头，时光自去知难留。

暑热腾腾有几日，秋凉瑟瑟无添愁。

水色山光逐季变，青丝白发写春秋。

应惜夕阳晚照美，莫为落日自惧将。

庚子年六月十七日

看日出日没

海角天涯看美阳，江边北塞赏风光。

一日千里晨起步，三山五岳晚归乡。

旭日朝霞自然美，夕阳晚照好景长。

老骥伏枥志不改，青春永驻俏夕阳。

庚子年六月二十一日

湖畔沽酒

煮酒湖边赏景光，青山渐老水渐凉。

玉米须焦绿树老，高粱放蕊菊花黄。

日朗天高瑟气爽，风清水阔故土香。

使客非为浊酒醉，出门忘却披衣裳。

庚子年六月二十四日

无题

北疆天高多九重，风清气爽江涛平。

燕舞莺歌鹊畅笑，竹呼林啸笛声鸣。

日照松林光道道，云浮水面白莹莹。

老夫闲亭放眼望，无聊渭水思钓翁。

庚子年六月二十五日

应邀去农舍赴宴

故友邀约农舍家，屠鸡宰豕话桑麻。

四面青山环绕绿，一湖碧水半坡花。

大小江鱼种类五，白肉血肠蒸品三。

小烧三杯加色酿，扶墙老叟床头趴。

庚子年六月二十六日

红星水库会友

静水清波艳丽天，青山绿树野花鲜。

碧瓦红楼景象美，黄滩紫伞湖鱼餐。

浊酒一壶承盛爱，香茶万盏饰平安。

久别宾朋耍落日，隔窗月亮已西偏。

庚子年七月初六

七夕随想

真爱从来不可拦，天涯海角心相连。

司马琴心挑卓妹，牛郎巧计娶神仙。

可恨天庭生戒律，无情王母簪画线。

有爱夫妻惜莫面，鹊桥泪洒又一年。

庚子年七月初七

邹忠平诗词选

登祖随想

祭祀莫华旨在诚，追思尽孝唯心灵。

万贯家资善是本，千秋伟业孝能兴。

庶民难识上界事，神眼却知人间情。

善恶今生终有报，灾难莫要遗后生。

庚子年七月初九

送张忠庆归烟

浓云密布宾州城，细雨霏霏洒不停。

五日狂欢兴未减，今天怎奈返烟城。

半世峥嵘不畏险，一生谨慎座右铭。

万里轻风一壶酒，几丝老泪千般情。

庚子年七月十二日

荷塘秋月夜

七月龙湖美若仙，嫦娥戏水荷塘间。

细雨游鱼弄莲动，秋风碧水掀波澜。

簇簇荷花点点火，柔柔月色朦朦圆，

月下独酌费猜想，约来朗月陪君还。

庚子年七月十三日夜

晨雨二龙山

细雨淅淅久不停，青山半落云烟中。

早雨敲波一点平，晨风打柳两声重。

去夜排楼掌灯火，今晨古寺不敲钟。

四顾江天月莫现，嫦娥起舞广寒宫。

庚子年七月十五日

风袭二龙湖

地暗天昏碧水黄，云遮雾罩天无阳。

浊浪飞腾三百尺，清沙醉卧十里茫。

冷雨敲窗若打鼓，狂飙绕树似船航。

老夫扶墙观涌浪，钉住不动紧贴墙。

庚子年七月十七日

天气晴好了

冷雨连绵初显晴，秋风退场湖水平。

日色斑斓添异彩，霞光洋溢送光明。

故友榻前论三国，新交座上评五经。

好酒一杯庆大愈，满座皆为欢笑声。

庚子年七月十九日

教师节诗组

题记：9月10日教师节，题诗一组献给群里的老师和全国的教师和教育工作者们。

其一

教育兴邦大胜天，教书育才功无边。
社稷千秋人是本，江山万代德为先。

社会发展靠智慧，民族进步需登攀。
祖国复兴实现日，勋章佩戴享天年。

其二

品德高尚树典范，修心养性潜钻研。
玉铸天性终勿改，火炼金身腰不弯。

点亮长夜燃自己，托举后辈心方欢。
吐丝成锦送人暖，泊淡索取师圣贤。

庚子年七月二十三日

友为高，和为贵

有友相帮万事成，无朋助力路难行。

结义桃园定天下，反目婵娟失亲情。

瀑布飞流五岳泻，峻山矗立九天倾。

有力无心何有用，无能有意心赤诚。

庚子年七月二十五日

七月雪谷游

雪谷秋游恨雪无，青山罩雾云飘浮。

冷雨凭山劲爆落，泉流顺路入泊湖。

晚日彤霞洒绿地，夕阳日影照归途。

把酒三杯老友会，激情烂醉把墙扶。

庚子年七月二十六日

北疆秋夜赋

北国秋夜冷若霜，乌云密布心凄凉。

远望湖心水勿秀，近观山川着彩装。

柳树枝头鸟运械，高粱地里鼠囤粮。

败象荷塘蛙戏耍，遍地青稞绿近黄。

庚子年七月二十九日

冰城一日游

时近归期逛省城，轻车简从五人行。

奉旨孙购巧克力，遵托友带黄太平。

北月中秋饼问鼎，南风十五斋滴红。

满载归途急若火，天高日朗好心情。

庚子年八月初四

秋日寄语

月冷星疏秋暮凉，风吹稻菽遍坡黄。

绿水河川清现底，青山峻岭红高粱。

半分昼夜今即始，霜花吐蕊明成行。

耳闻小雀悲声叫，应知万物将消亡。

庚子年八月初六

秋日黄昏

日沉西山月上弦，凄风败叶铺庭园。

远处乌鸦屋顶叫，眼观爱犬窝中眠。

海水拍礁浪万丈，高楼矗立灯千般。

老夫余晖看残血，白发两鬓失华年。

康子年八月初十

看到满院落花想到的

国色天香几日红，飞花似雪寿将增。

乐祝南山松不老，玄思北国鹤长生。

自信南山终不倒，何知日月失光明。

万物蓬勃皆有数，夕阳晚照不了情。

庚子年八月十一日

读《忠庆文》有感

入水蛟龙破浪行，夕阳晚照志无穷。

抖动空竹添寿乐，吟诗作赋增浓情。

遍踏青山观碧海，频迎日吐赏星空。

影作篇篇光耀眼，诗文趣觉夕阳红。

庚子年八月十三日

深秋寄语

寒北江南共觉秋，西风冷雨临神州。

朗月霜欺山更美，骄阳日照花含羞。

碧水清流深百尺，青山笑雀满枝头。

寂寞嫦娥低远望，恰似百姓赞难收。

庚子年八月十四日

祝国庆仲秋

国庆仲秋两相逢，中华大国喜犹多。

智慧赢来族盛世，勤劳创造几先河。

敢与强敌争胜败，帮扶弱小共登山。

望眼神州诚祈福，皎洁月照云飞歌。

庚子年八月十五日

仲秋赏月，云遮雾罩，好不心烦

雾罩云遮月躲娇，嫦娥欲会恨天高。

丽饼飘香传四海，丹桂放秀跃九霄。

玉兔悯人捣仙药，吴刚洒酒杀毒妖。

寂寞嫦娥恨掸泪，清风洗土斩媚妖。

庚子年八月十五日夜

秋日赋

渤海千年浪不休，南山万古绿流油。

不尽长江泻万载，娇羞朗月秀千秋。

美景丹崖仙遗笑，刘公列岛烟尚留。

道场昆嵛好去处，慈悲大佛立潮头。

庚子年八月十七日

邹忠平诗词选

秋日随笔

日影秋波入荒流，菊花野草失劲头。

落叶枯藤闻雀叫，升华放桂戏蜂愁。

万物荒凉悲始尽，千山鸟尽影未留。

远望群山变颜色，搔头老叟怨无休。

庚子年八月二十二日

老树

老树枯枝败叶稀，秋风冷雨任袭击。

硕果丰盈昨日事，华容骄貌今迷离。

不与将军拼岁少，甘与鬼魄争高低。

自在夕阳美景好，山隔水阻影依稀。

庚子年八月三十日

九月秋

九月秋深日逼寒，愁情似水云流连。

久宿他乡思故友，熟观海水念龙泉。

夜夜独观渤海月，天天祈赏故乡圆。

岁近七旬念土切，白头故友梦里边。

庚子年九日初一

梦忆童年时

惯于长夜梦里游，儿时趣事上心头。

蒙昧无为不更事，才思敏慧学无愁。

涕泪交流熬雪日，袒胸露背任灼炙。

校友绰称大埋汰，岂知欲洁况难由。

庚子年九月初三

九月赏菊

喜鹊欢歌乐透窗，开帷远望菊花黄。

此物天性多本色，群花陨落自芬芳。

丽质天成无造作，姿态朴实雅淡香。

牡丹妖艳秀娇媚，秋风冷雨菊独享。

庚子年九月初四

为新慧爱子大婚致喜

喜事惊天动地欢，巴渝美景添新颜。

地北天南贺喜客，长城内外共红颜。

秀女天姿称国色，俏郎地造叫才男。

祈愿白头爱永岁，齐家报国享康年。

庚子年九月初八

秋光似锦

海上波涛浪射天，朝露尽染波涛间。

残月方知初月美，嫦娥淡抹依天仙！

秀岭霜侵呈五彩，梧桐落叶铺三山。

小院频闻喜鹊叫，秋风满楼笛声喧。

庚子年九月十八日

夜闻歌声

夜闻恩师秀好歌，应憾赞美迟评说。

岁至耄耋心少小，福临晚照依腾波。

远闻登枝喜鹊叫，低眉微信赞徒多。

遥祝康年增福寿，夕阳遍地歌千车。

庚子年九月二十日

立冬

冷雨逃亡岗渐白，霜花代雨雪飞来。

喜鹊登枝狂起舞，娇梅吐蕊娇羞开。

大雁南飞昨日事，飞花北舞今侵怀。

老朽高吟领袖作，豪情笑对雪打台。

庚子年九月二十二日

忆当年

早岁激情气过天，金盔铁甲四十年。

荡寇风云苦鏖战，卧雪眠霜乐其间。

铁马驰平塞外路，银鹰跃踏数坤山。

万难千磨未挂甲，名扬四海吾当先。

庚子年九月二十四日

梦追昔

去日蒙眬梦里呈，今宵老眼醉依灯。

利剑积年未淬火，钢刀久藏蚀锈生。

魏武天年叹不舍，黄忠甲岁尚出征。

老夫硝烟经入梦，难弃商战不了情。

庚子年九月二十六日

清晨的祝福

旭日东升彩满天，青山绿水抹红颜。

卧榻早闻喜鹊叫，推帷遥看黄鹂欢。

万仞青山承思念，千条碧水融情牵。

每日清晨相祝福，甘泉一盏润心田。

庚子年九月二十七日

山东半岛初冬赋

半岛初冬刺骨寒，裘皮裹腹颤连绵。

粒雪零飞落满树，滴流凝柱挂屋檐。

碧海涛波书历史，青山叶落记先贤。

始帝求生欲不老，难寻妙药侍君前。

庚子年九月二十八日

静夜思

夜静更深月破窗，伏床展卷看文章。

地域波澜惊壮阔，天庭鬼魅唱双簧。

拜普相争成闹剧，民共霸掠坏心肠。

可笑顽朽皆耄岁，缺失帝国必消亡。

庚子年十月初三

邹忠平诗词选

初冬寒

雨打窗棂雪叩门，冬风透冷寒杀人。

满树头花成败叶，一弯美月惨失魂。

半岛尚存半点暖，家乡裘裹友人身。

暴雪铺天盖地降，出行谨慎尽悬心。

庚子年十月初四

梦在群中

老迈觉轻梦自多，翻江倒海载成车。

旧日师生重聚首，今天密友又聊嗑。

海北天南奇趣事，家长里短闲暇说。

翘首夕阳共找乐，余晖放彩泛心波。

庚子年十月初六

南北两重天

北望飞花雪满原，南看暴雨送冬寒。

玉琢银雕冰世界，花点柳饰雨江南。

绿水银山一国度，繁花瑞雪两重天。

万里江山无限美，神州十亿笑开颜。

庚子年十月初七

参加何述华儿子大婚而作

木棉枝头鹊筑巢，珠江水畔乐逍遥。

吾弟何门兴大事，公子穗地着红袍。

月宫嫦娥俯首看，人间美女秋波抛。

友谊情人终眷属，夫妻比翼步升高。

庚子年十月十二日

九寨沟冬景

九寨观光不枉行，天赐美景神功成。

秀水无垠随岭泻，峨山有絮点松青。

百座山峰云伴雪，千丈瀑布柏与松。

落日余晖映寨里，轻歌曼舞传欢声。

庚子年十月十五日

蜀都会老友

蜀国昨天细雨蒙，天寒乍暖融霜行。

记忆闸门似水泻，逢君话匣如泉鸣。

一碗蹄花汤有味，七十岁月时无情。

两小对看谁不老，分享月下夕照明。

庚子年十月十七日

忆九寨沟

地造天成九寨沟，夏雨冬寒各千秋。

百鸟争鸣涧跳水，千山竞秀瀑飞流。

雪盖冰封映暖日，云飞彩舞跃山头。

老叟稀年水做镜，霜袭两鬓添忧愁。

庚子年十月十九日

大雪

大雪纷飞万里白，千山万岭梨花开。

眺望关东莹同色，举头粤都绿入怀。

万里长城万里雪，千顷稻浪千顷皑。

梦里常牵旧日友，梅花映雪盼君来。

庚子年十月二十三日

车上随想

大雪初晴望朗空，朝霞盖地贯长虹。

日照中天身倍暖，云飞野岭山无形。

美玉从来石里长，天才自古众中生。

膑去双膝成兵法，梅香自在苦寒中。

庚子年十月二十四日

论交友

重义诚情处友朋，尊尔爱信久成情。

盛放时分身段矮，成泥季节心志明。

善待他人是素养，莫过恃强常自省。

老叟多思少壮过，夕阳美好千人听。

庚子年十月二十六日

登高望雪

一上高巅立尘台，爽风狂絮扑面来。

万里江山万里雪，无尽世界无尽白。

卢纶征刀今不染，乾隆弄雪馨亭台。

谁比毛公万代雪，感天动地大情怀。

庚子年十月二十九日

残雪未消

残雪夕阳寥野坡，秃山老树昏鸦落。

冷雨寒风自海入，孤阳暖日戏城郭。

眼见黄昏日将尽，难寻夜晚月映波。

都道嫦娥颜色美，芳容一睹费周折。

庚子年十月三十日

黄昏街头

广厦挑灯终未眠，车流蚁动宽街前。

紧裹裘衣身上暖，轻蹬布履脚下寒。

老子不知今夜雪，仙公殿上无诗篇。

眼望纷飞好大雪，冬花似席比燕山。

庚子年十一月初二

观海忆秦王

涌浪冲天丈九千，云堆雪舞笑中天。

气贯江河志壮迈，情满土地惜江山。

万里长城万里路，千年历史千年篇。

始皇功过今何议，孤灯永照祖龙眠。

庚子年十一月初四

新昌大佛寺

绿树苍柏闹市井，弥勒大佛舞天风。

坐看千秋历历事，度化万代云云生。

暮色苍茫常客少，寒风刺骨游人呈。

好友邀约街小酌，全城翘看通昏灯。

庚子年十一月初五

览小镇风光（乌镇）

小巷屋檐多雀栖，商贾民居沿清溪。

九曲回廊书历史，一支小调示鸣鸡。

老友闲暇酒一盏，新朋会客茶几沏。

月上灯街辞不得，暮离古镇阳躲西。

庚子年十一月初九

宋城行

史上南宋御街城，杭州美景惊天公。

断桥残雪存遗迹，同窗化蝶何寻影。

铁马金戈捍国土，钢盔玉甲驱兵穷。

可恨高宗诛岳将，英雄血染满江红。

庚子年十一月十一日

雪夜海畔行

路险冰洁星悬空，风狂雪夜月点灯。

恃才高宗兴咏雪，豪情汉祖情抒风。

海浪升空九万丈，涛花散落八千星。

始皇千秋功自伟，何来万古论焚坑？

庚子年十一月十五日

胶东大雪

大雪迷茫盖住天，楼亭半没雪其间。

万里青山不识面，千条秀水成冰川。

倩女红巾遮秀面，靓男紫貂裹胸怀。

瑞气舒笼遍大雪，为君把酒做小酣。

庚子年十一月十六日

雪后暖阳红

雪后骄阳暖入怀，青山碧岭头息白。

喜鹊登枝觅老树，黄鹂引吭唱屋檐。

海上邮轮竞似渡，天空战釜破云开。

秀丽江山似画美，英雄勇士忠魂埋。

庚子年十一月十七日

元旦祝福

日自东升彩满天，窗镌雪画呈雄观。

放看神州万重雪，惊闻大地千鸣山。

雪打灯笼辞旧岁，梅含五珠贺新年。

素爱人间万代福，桃符日近更新联。

庚子年十一月十八日

元旦过后

昨夜元旦客少寒，今宵欲睡月无眠。

桂树昂头迎远客，纷花泪眼送君还。

玉兔馈方降大疫，嫦娥遍露拯人间。

小毒无情妄撼树，东方圣手出神拳。

庚子年十一月十九日

论水浒宋江

水泊梁山好汉多，高飘义旗踞山泊。

盖阮劫纲举义事，公明入伙立新说。

媚颜招降葬子弟，失情踏血自登科。

毒酒一杯兄弟死，甘为鹰犬宁风波。

庚子年十一月二十日

冬寒独居京都

冷夜孤灯孤居京，窗外恶雪卷狂风。

有意高楼观暮景，无情险路阻行程。

把酒独酌灯做伴，推杯品茗月伴明。

满绪乡思挥不却，头颅卧枕心难宁。

庚子年十一月二十一日

独在京城迎小寒

冷酷无情至始今，扶栏双泪连衣襟。

旷野冰封勿见土，荒山雪盖埋深林。

柏雪枝头千重冷，梅花岭上万点痕。

企盼金牛裹地吼，除妖斩鬼亮乾坤。

庚子年十一月二十二日

雪后早晨

小雀欢歌大雪中，梅花吐蕊小山峰。

旭日当空彩虹笑，天河起舞白云横。

碧水东流百舸竞，红楼北矗千盏灯。

汉帝刘邦今若在，高歌一曲唱大风。

庚子年十一月二十三日

为李德顺七十岁生日而作

雪打霜侵不老松，半世挺立大山中。

饱受冷暖精神铄，丰经坎坷身心轻。

重厚硕文行道义，躬身礼士师德公。

后嗣绕膝古稀年，夕阳笑看霞光红。

庚子年腊月初五

腊八寄语

腊月初八冷掉魂，香粥一碗味如津。

万里情丝斩莫断，千重挂记思无魂。

送暖传音托旭日，捎情问安倚白云。

待到春风拂面日，云游四海再看君。

庚子年腊月初八

辞岁词

鼠去牛来转瞬间，梅花傲雪报春情。

恶鼠天宫待受审，祥牛临界播太平。

凡界灾情自夕止，人间噩梦始朝停。

朗日晴空霹雳雨，祥云送瑞好年成。

庚子年腊月十一日

六十九岁遐想

雪绣雕花数几天，斟茗细品忆经年。

历程七旬坎坷路，拼搏半世蹉跎难。

自信天才必有用，勿忘谨慎礼为先。

夕阳晚照风光好，绕膝子孙乐天然。

庚子年十一月二十五日

同窗群怀想

夏雨秋风五十年，天涯海角莫等闲。

少岁同窗饱受苦，青春各地多辛酸。

放逐屈原赋巨著，割膝孙膑著兵篇。

苦尽甘来雪染鬓，师生共乐夕阳间。

庚子年十一月二十八日

夕阳乐

日出东方落去西，花开锦绣败惨凄。

自古英雄何畏死，从来将士愿栖息。

廉颇稀年思报国，黄忠暮岁念牢篱。

老朽无为自找乐，方圆小阵论高低。

庚子年腊月十四日

咏卉四首

一　咏梅

雪沃高涯台，含霜怒自开。

无心争颜色，笑待春风来。

二　赏兰

卓生群卉中，品味自端平。

清香淡雅美，骨贵朴里生。

三　歌竹

风狂枝愈强，雨暴挺脊梁。

宁由剖腹死，绝不弯腰降。

四　赞菊

繁华闹后生，野岭荒丘中。

孤芳当自赏，孤傲享秋风。

庚子年腊月十七日

海畔晨景

浪滚涛翻海燕行，云飞雪舞黄鹂鸣。

矗立红楼观击水，躬身绿柳享冬风。

养马先宗遗宝岛，寻仙始帝憾终生。

安得常情送晚日，残烛勿息迎黎明。

庚子年腊月十九日

为小孙女乐乐十五岁生日而作

落雪飞花降灵童，吐梅欢鹊庆天生。

小女容姿倾国色，孩童智慧呈聪明。

咏絮才华堪道韫，神笔妙画盛香凝。

长幼尊从知礼义，科年大举定高登。

庚子年腊月二十日

立春

大雪纷飞少自今，东风再洗千山魂。

绿色惊天洒古道，黄涛破地扬新门。

梦蛙冬眠觉又醒，鸣鸡春苏歌司晨。

日和霞光无限美，情思尺素托白云。

庚子年腊月二十二日

小年快乐

灶王披裳欲晚天，全家恭送糖瓜粘。

玉帝阶前言好事，天官帐内祈平安。

大魔称雄乱世界，小妖作祟灾人间。

斗战胜佛再抖擞，驱除鬼怪佑他年。

庚子年腊月二十三日

胶东初春

雪沃胶东乍暖寒，春归大地唱团圆。

浩浩烟波没碧海，涓涓细水润青峦。

陋室晨光精打扫，华灯晚照细对联。

邀友三杯就小菜，说词唱赋迎大年。

庚子年腊月二十四日

为吾兄忠林七十一寿辰而作

矍铄精神老有为，经风沐雪堪红梅。

岁月无情染鬓发，年轮有迹伏稍眉。

热火青春历乱世，寒窗壮老孜章回。

满眼夕阳正美好，山中虎啸若惊雷。

庚子年腊月二十五日

迎春曲

换地更天梦觉间，山欢海笑魅江天。

福佑中华圆旧梦，春播故国书新篇。

火树银花送去岁，红灯绿酒迎来年。

狮舞龙腾一统日，神州四地共团圆。

庚子年腊月三十日

破五

破五好节近尾声，迎神饺子爆竹鸣。

五路神灵悉数到，八方土地佑太平。

四海袍泽同快乐，九州兄弟共安宁。

切记今天忌粳米，无端女子莫出行。

辛丑年正月初五

眺望落雪吟

节去年丢喜鹊忙，春风送暖开新章。

举国欢腾庆富贵，胶东舞雪送吉祥。

五福临门百姓喜，千牛拓业万众享。

绿草红花点盛世，歌飞鸟语唱辉煌。

辛丑年正月初六

应邀为高凤民七十岁生日而作

北塞今晨喜鹊鸣，梅花绽放借东风。

猛虎出山百姓祸，狂驴下界千娃坑。

幸得娇妻媚颜色，莫失美酒醉蒙眬。

老朽今天遥祝寿，龟年若比青山松。

辛丑年正月初六

快乐春风中

鸟唱春光海笑声，江河起舞云飞轻。

暖意融融依朗日，寒心瑟瑟怨瑟风。

子卿他乡思故里，湘萍月下怀桐公。

莫道风光半岛好，牵肠挂肚旧友情。

辛丑年正月初七

贺天公寿辰

玉帝华诞彩满天，嫦娥献舞出广寒。

玉液飘香沁宝殿，琼浆化雨播人间。

福佑人间百姓乐，恩泽宇宙三界安。

九叩三拜诚谢意，惊天动地替民言。

辛丑年正月初九

送去春的祝福

大地诞辰着彩装，石头盛节乐八方。

辟地开天承盘古，种桑植谷从周王。

后嗣当知始祖事，前宗尽晓子孙昌。

遥祝鲍民万代福，安康喜乐千秋享。

辛丑年正月初十

捏鼠日祭

鼠害人间酿祸端，囚家惜命躲新冠。

秀美江山万里雾，多姿海疆千重关。

万众同心谋大计，全民共识度灾年。

翌日捏食封怪嘴，太平盛世民心安。

辛丑年正月十二日

新春随笔

感奋春来信笔游，江山如画畅情流。

大海波涛书历史，小桥流水唱春秋。

夏雨秋风沧桑变，春光冬雪时辰悠。

自古人生终老死，秦王讨药终沙丘。

辛丑年正月十三日

元宵节

月照天宫遍地星，云舒霄汉漫掌灯。

武帝今宵孤赏月，徐郎次夜觅残星。

月上梢头人攒动，风过巷口花稍惊。

爆竹接天久不住，斯人怎舍团圆情。

辛丑年正月十五日

欣闻忠庆弟大作入选北京头条而作

大作惊天撼地鸣，恩师教授铭心中。

孔子无卑重教育，秦宰有怨轻园丁。

自古文章言旧事，从来巨著开新风。

榜首高悬展弟子，恩师乐癫喜无形。

辛丑年正月十六日

同学乐

苦练寒窗数载缘，无缘再造离学园。

海角天涯情怎断，南疆北国心相连。

美女而今变老妪，倩男早已无少年。

落日余晖共晚照，夕阳好景莫童颜。

辛丑年正月十九日

春光赋

大地归春彩满江，青山碧水换衣裳。

雁子晓穿天鹊树，麻雀蹦地鸟敲梆。

瀑泉连川流不尽，浅风载雨洒无光。

把酒春风思李杜，三人共饮绝荒唐。

辛丑年正月二十日

再读《红楼梦》

富贵贫穷界限中，繁华冷落终皆空。

爱恨今生难有果，情仇后世也无清。

妄语狂言跃纸上，煎心带泪写人生。

铁铸江山万古在，无花不谢落秋红。

辛丑年正月二十一日

再读《西游记》——唐僧

矢志心决不改初，肩负重托赴险途。

使命召唤担重任，求经挚意化顽徒。

历尽磨难修正果，学成大乘讲新书。

弘法无边苦度化，功德圆满信众殊。

辛丑年正月二十二日

给妇女朋友们祝贺节日

伟大源于抗拒中，娇羞如水酷冷冰。

舍却生死兴繁衍，历经苦楚育儿婴。

武曌称雄强国定，清照舞笔婉约兴。

自古英雄多女子，儿郎无不母亲生。

辛丑年正月二十四日

辛丑夜话

美月何因只打窗，娇娥隐媚半无光。

举目寻方无桂树，抬头觅客有吴刚。

宝殿依然秩有序，广寒冷漠淡无霜。

笑对长天一盏酒，嫦娥对镜贴花黄。

辛丑年正月二十七日

初春山野颂

遍野生机绿草发，杨花柳絮飞天崖。

一涌清泉游锦鲤，三潭净水伏河鸭。

暖日穿林射照影，寒风锥骨赏摇花。

正是初春好景色，农夫备犁种庄稼。

辛丑年正月二十九日

二月初二赋

暖意融融二月天，春风化雨人无眠。

鸟唱鸡鸣柳吐蕊，莺歌燕舞河腾欢。

金豆莹莹蒙玉帝，人心暖暖融青山。

故国庶民齐蹈厉，富国光邦民享安。

辛丑年二月初二

小院览春

二月风光好景来，东风小院满园栽。

老树开心捧腹笑，新枝媚眼含羞开。

旭日光明四海水，夕阳彩染五洲怀。

万物更装丽艳色，多少爱慕难明白。

辛丑年二月初五

今晨起进群浏览，猛思逝君，感慨而作

五十风光再聚首，青丝尽雪老苍头。

碧水湖边山依旧，黄泉路上侪何遛。

早晚烦心当闹事，晨昏闭目想春秋。

一盏清茶三两友，闲说往事泪无休。

辛丑年二月初七

登高望远

踏上青山万里春，江南北国两无分。

北国白杨初吐蕊，南江绿柳早成荫。

粤海春光花满地，龙江日照树微新。

大美江山景如画，山情水意梦牵心。

辛丑年二月初七

玉兰赋

题记：在公司小院种着几棵玉兰，春风拂过，玉兰竞放，好不惬意。

久盼春风醒玉兰，文花静雅香掩难。

不与牡丹争艳色，只学梅子斗春寒。

丽质天成君子性，情缘地就嫦娥颜。

醉眼佳人赛落雁，昨天笑脸羞玉环。

辛丑年二月十三日

咏梅，示忠庆

笑绽悬崖冒雪开，春光暖日敞开怀。

不与牡丹争颜色，甘为百媚报春还。

莫道夕阳晚霞美，都赞少小朝霞环。

白发休争三寸气，无心放翁论酷寒。

辛丑年二月十五日

春日哈尔滨思抗联战士

祭祖清明返旧城，冰消雪隐露俏容。

项下明珠添璀璨，河川冷玉飞银龙。

靖宇街头怀故事，麟君墓下倾思情。

洒血抛头匡正义，黑土埋骨有光荣。

辛丑年二月二十五日

邹忠平诗词选

159

老夫吟

老迈人生兴赋闲，无求取乐诗千篇。

早赏红霞七彩舞，夕看朗月独翩跹。

好友乘心酒三杯，玩伴尽兴茶两堪。

煮酒青梅无可论，逍遥济癫自称仙。

辛丑年三月初五

忆同学会

雪化冰融又暖风，千枝竞放百花红。

记起哪年学友会，难忘早岁同窗情。

热血青春勤奋进，倾心理想注心灵。

鬓雪重思少壮梦，心牵放翁终无平。

辛丑年三月初六

同学情

自古同学意笃深，无猜两小诚天真。

管鲍情谊越富贱，俞钟妙曲少高沉。

宦海同朝多利害，商河共浴不结心。

养性洁身莫我忘，勤思好谊顺他人。

辛丑年三月初七

梨花放

梦醒推窗满眼白，何仙助吾云霄来。

万岭千山银重裹，千楼万宇玉拥怀。

淡点山川洁如雪，浓涂峻岭美楼台。

我欲因之梦北国，山莹水透流冰檐。

辛丑年三月初十

清晨

题记：清晨起来，推门去小院晨步，淅淅沥沥小雨不停，

淋着小雨，走进小亭，望着霏霏小雨……

侧倚楼台赏雨声，独看海浪烟波中。

海燕高天破雾舞，河鱼低水跃云行。

满院花娇雨添色，一畦草绿风摇情。

误入桃源公莫悔，三杯入梦醉天明。

辛丑年三月十二日

七十随想

古稀方知老迈悲，征袍未解发白悲。

眼底硝烟尚狂舞，心中战火依尘飞。

放翁终临念国事，曹公骥老思军威。

远望骄阳西落去，老夫拄杖忙家归。

辛丑年三月十六日

向天再借三千春

好雨闲敲几度新，流花遍地贴春深。

绿野红花留不住，锦袍玉带何着身。

两表出师孤先去，一心光复自断魂。

老朽向天一杯酒，恩准再借三千春。

辛丑年三月二十日

送春风新娘

细雨霏霏泪两行，含情脉脉送新娘。

久盼春风终不现，方谋俏面又别郎。

历尽寒霜春恨晚，刚享美景夏梳妆。

四季更迭人渐老，童颜去后满头霜。

辛丑年三月二十三日

看春梅、亚杰在花丛中自由舞动有感

老树新枝媚蓓芽，芙蓉出水似童娃。

双狭青春眸顾盼，一姿婀娜身尚拔。

牡丹临风昭日月，梅子含雪吐芳华。

忆旧初识少小梦，观尽百卉不折花。

辛丑年三月二十五日

为沐颜国际而作

露润牡丹艳色红，芙蓉出浴现媚形。

闭月羞花重粉饰，沉鱼落雁妆修精。

休怪李桃争颜色，岂许孤秀独峥嵘。

风华丽质能多久，青春美好可容情。

辛丑年三月二十五日

夏日临

绿草没靴柳叶明，白云盖地霞光红。

海水微波起涟漪，泉滴瀑布吊飞行。

始帝寻方此饮马，徐福探岛母寄生。

老朽只当念古事，修身强体药无成。

辛丑年三月二十六日

邹忠平诗词选

致天下的母亲

恸地感天颂母亲，无私大爱济童人。

哺乳何须惜血肉，育儿甘愿献身心。

教子成梁母刺字，思儿铸魂亲择邻。

痛切追思母可在，泉边子女涕沾襟。

辛丑年三月二十八日

北京西客站会客

两侧花团簇绿株，一行柏路贯京都。

大厦千间若嵽嵲，高楼万尺似仙屋。

客自瀛洲跨海过，兄来半岛破云出。

对坐闲说道永乐，皇城百姓早终朱。

辛丑午三月二十九日

思乡曲

美莫人间四月天，春归夏至两相连。

气爽风清日月秀，霞飞日暖阴晴间。

暮静荷塘赏动水，朝喧林里见蛙眠。

老夫登高向北看，隔山跃海望乡难。

辛丑年四月初一

初夏抒情歌

日暖风微细雨蒙，阴晴明暗恍惚中。

旭日朝阳暮冷雨，晨光彩絮夜雷声。

坎坷荆棘踏露水，冰霜雪雨润苍松。

牢记古今翻覆事，寒风酷暑任吾行。

辛丑年四月初二

邹忠平诗词选

见归帆远去吟

日没西山满眼霞，云飞气爽朗中华。

月挂枝头晓万物，星点宇宙亮千家。

又是一年湖放绿，再观三夏荷含花。

远望小舟藕色晚，一壶老酒失君娃。

辛丑年四月初九

小满寄语

夜短天长雨水勤，田耕劳作舍无人。

绿草铺天花盖地，白云蔽日雨敲门。

海上烟波隐秀色，塘中莲藕露尖魂。

笑看老夫如意客，济公把酒唱诗文。

辛丑年四月初十

游樱桃园

四月樱枝遍掌灯，瓜肥果美点山中。

李下无须忌帽正，瓜前有意慎腰弓。

狂甩腮帮师二弟，别合睡眼学唐僧。

嬉笑之中饱口福，骄阳仰卧咏诗经。

辛丑年四月十一日

悼袁隆平先生

致力终身稻谷中，呕心沥血为禾兴。

饱腹人民担大任，捐躯事业树伟功。

绿海翻波奏悼乐，黄林垂首念英雄。

半旗飘扬万众意，一路乘鹤会神农。

辛丑年四月十四日

邹忠平诗词选

初探海盐

小镇幽幽历史多，秦风汉雨千秋歌。

昔日盐商重埠地，今天核电轻弦波。

秀水微波存记忆，毛竹密闭锁颂歌。

万代千秋多雅仕，文人骚客赋五车。

辛丑年四月十七日

初夏荷塘

夏日荷塘绿漫州，和风细雨蕊娇羞。

喜鹊廊桥畅曼舞，游鱼水面享清流。

侧畔爱蛙赏趣味，林中笑鸟唱自由。

宋代周公独爱莲，至今方觉赏洪波。

辛丑年四月二十日

写在六一儿童节

燕舞蝶飞六月天，花团锦簇贺童颜。

笑脸童心锁不住，驱身疾步放翔鸢。

子牙八十方拜相，愚公九旬敢移山。

老朽夕阳刚晚照，青春热血正当年。

辛丑年四月二十一日

读升华诗有感

老妪讴歌忆少年，情真意切思从前。

两目波光含慧敏，一头秀发透红颜。

七尺讲坛遍育李，三载校舍同苦甘。

耄耋时光夕阳晚，霞光依染半边天。

辛丑年四月二十二日

群里师生会有感

夏雨春风五十年，师生喜聚夕阳间。

夫子耄耋勿拄杖，学生古稀鬓无斑。

海角天涯兄妹聚，梧桐柳海子孙贤，

放眼天边振翅鸟，怀想烽火岁月前。

辛丑年四月二十五日

柳下对弈

休岁闲居柳下多，叟夫楚汉战兵车。

霸王别姬悲自刎，高祖奏凯笑风歌。

往日盛衰皆封建，今天品味兴共和。

晚照夕阳当自省，何必子弟论蹉跎。

辛丑年四月二十六日

梦回少年

夜雨淅淅伴梦中，桃花盛放忆孩童。

有教恩师倡不类，无知弟子学允平。

日放光华昭月亮，月依彩影导光明。

孔融怀德识礼让，千山送絮懂知情。

辛丑年四月二十七日

乘机返烟台

应邀参展友聚欢，京城都府绕一圈。

细雨荷塘夜色美，晨风铁马朝阳淹。

昨日孩童送始地，今天老叟自登天。

俯瞰人间山海秀，踏云下界不羡仙。

辛丑年四月二十九日

端午节

故国无风粽远香，神州有地皆雄黄。

艾草蔓蔓驱疫害，烛灯点点照明光。

报效赤诚天滴泪，悲伤至极愤九章。

汨罗龙舟千载进，人民持舵苦盛强。

辛丑年五月初二

水调歌头：端午

题记：祭爱国诗人——屈原。

何故青苍泪？问由绿波吟。

百艘龙舟竞渡，抬眼悯天泪。

哨动旌旗笑舞，梦入三闾大夫。

醒身世界殊。

故国千秋梦，奋发奔坦途。

煮角粽，饮雄酒，吊乂蒲。

十里青山踏遍，归路虹如图。

几多亲朋欢聚，几盏清茶热酒，谈笑久无休。

昨日今天事，跃然纸上书。

辛丑年五月初三

胶东晨光

雨洗榴花似火红，晨风远望尽光明。

粽味飘忽余旧怨，桃香爽入畅心情。

先逝捐躯思报国，后生含泪问天应。

莫道霞光东去远，老夫拄杖尚搀行。

辛丑年五月初六

无题

题记：读五月六日八十九班学生写给升华老师的信息颇有感受，欣然命笔。

老妪恩师咏絮才，门生领略大情怀。

自幼德行尊师表，从来纯洁身清白。

有教无类育弱小，无为有刚教劣顽。

不畏自身涂颜色，甘以墨色染未来。

辛丑年五月初七

夏至

夏至天骄日渐长，阴晴瞬变雨浇忙。

碧海蒸腾水面雾，青山沐浴树梢黄。

小鸟归林嬉戏舞，大鹏破雾伴云翔。

月影朦胧照莲动，嫦娥寂寞思情郎。

辛丑年五月十三日

酷日飞云骤雨

酷日犹煎大海边，丝云点缀艳阳天。

骤雨狂风天瞬变，黑云闪电地息撼。

雾满梨城千树雪，风袭暴雨百花残。

老朽檐下急躲闪，浑身颤抖不觉寒。

辛丑年五月十五日

闻在外原毛巾兄弟回宾县聚会而作

变革图新磨砺多，追求生计各奔波。

历尽沧桑再聚首，饱经雨雪又集合。

对望难识旧日面，欢叙共畅今朝说。

老夫无缘同把盏，独斟美酒对天喝。

辛丑年五月二十日

公历 7 月 1 日庆祝建党一百周年

好雨疾风沐远帆，惊雷起舞自红船。

马列开篇书历史，师俄故国谱新篇。

五十三人播火种，九千多万势燎原。

苟利人民生死以，初心不改勇直前。

辛丑年五月二十二日

清晨雨中随笔

小雨淅淅柳树弯，堆云暗雾锁河间。

绿水烟波浩渺秀，青山树影婆娑欢。

对酒当叹岁月短，举杯回首说生难。

眼见彩虹成大道，老夫听雨朗诗篇。

辛丑年五月二十四日

黑土颂

大美歇凉"北大荒"，魂牵梦萦黑龙江。

故土童年尽趣事，怀思此地泪沧桑。

屈子沉石万古怨，伯虎三笑假文章。

远望南山满眼憾，夕阳晚照盼天长。

辛丑年五月二十九日

黄昏二龙湖

碧水清湖细雨蒙，龙山隐蔽烟波中。

日矮西斜影渐去，霞光倒映波微红。

借得爽风驱暑热，凭窗侧耳听竹声。

老友三五一盏酒，愚公老汉胜渊明。

辛丑年六月初三

农舍欢会

绿树红花好日空，佳人置酒农舍中。

野果山禽自制肉，家珍土产他乡风。

挚友推杯忆旧事，高朋把盏话友情。

恰似水泊豪聚义，扶墙脚软方吹灯。

辛丑年六月初六

离哈返烟赋

铁鹰穿云刺破天，黑土眷恋刻心间。

养育恩德念念记，锤炼血汗痕痕斑。

远去天涯志不改，魂牵故里爱愈坚。

念就举头赏明月，宁愿隐士不修仙。

辛丑年六月初八

乘机赴京城

万里凌霄信步来，凭窗下望云徘徊。

绿树红花送客去，红楼绿瓦迎君还。

得胜门前独受阅，天安广场众赏台。

醉眼金桥思旧事，千情万感满胸怀。

辛丑午六月初十

荷塘月色夜

日没丹霞布满天，云积染满堆如山。

月色初悬柳树上，昏鸦再震烽燧关。

北望朦胧天欲雨，南看雾霭地生烟。

小院荷塘蓑笠客，当忆寒江柳宗元。

辛丑年六月十一日

饭后漫步

小院夕阳晚照红，回廊九曲沐南风。

两侧珍珠吊累果，一湾秀水任鱼游。

绿草如茵花满地，粉蝶狂舞蜓倾城。

雨洗荷塘艳似火，何人柳内弹琴声？

辛丑年六月十二日

暑热胶东农夫

暑热胶东遍地烟，农夫载日似油煎。

半车时蔬三五百，一筐好果几十钱。

汗洒山坡瞬热气，饽怀泉水就冷餐。

五更晨起带月返，二两小酒乐中眠。

辛丑年六月十五日

风雨盐城路

暴雨狂风送满程，驱车稳步盐城行。

水柱击窗若战鼓，风刀撼树似雷鸣。

若谷毛公咏狂雪，情怀汉祖唱大风。

奋进人生有几许，战天斗地乐无穷。

辛丑年六月十八日

游苏州拙政园

澈水幽兰绿树冲，回廊九曲花丛中。

闹市喧嚣掩草木，沉园宁静陈波风。

殿上称臣难共事，园中隐士易人生。

夏雨秋光今又是，拾去楼依乐五更。

辛丑年六月十九日

一家人游杭州

六月杭州雨又晴，初升酷日生霞红。

碧水西湖明秀镜，荷花出水笑芙蓉。

远望南山浸浓雾，临观北水锁蛟龙。

历史文明今更盛，登堤似觉诗吟声。

辛丑年六月二十一日

赞美印象杭州

秀水明山大舞台，千秋历史一时来。

美轮美奂撼地动，精湛艺术惊天才。

五代文明兼蓄并，一朝始策并开怀。

伟业复兴光照日，吾欲挈雏再游玩。

辛丑年六月二十二日

小院闲步

小院无声静默然，梧桐带泪抱头眠。

喜鹊不知何处去，乌鸦可见吟屋檐。

远望山光无日月，低眉叶落识秋还。

大疫终始成大治，何惧小虫逞雄顽。

辛丑年六月三十日夜

小院思秋

向晚茶余小院闲，华灯暗照梧桐苑。

半点阴云几粒星，一湾澈水千枝莲。

树下含情听鸟语，山上爱恋看鸽眠。

不知佳人今何况，斯人旧事永心前。

辛丑年六月三十日

秋归诗

夏雨秋风绿渐兰，春花冬雪自循环。

酷暑严寒经历事，荣辱盛蓑瞬息间。

少壮休恃须念老，得势顺水思经年。

爱臣和珅终赐死，徽钦二帝井观天。

辛丑年七月初四

落花流水吟

酷雨秋风叹落花，流水永去顾无暇。

斗转星移循规律，生老病死按则法。

祖龙求生寻药去，光宗毙命炼啥丸？

天若有情天亦老，遵规乐享天年涯。

辛丑年七月初五

送同学群师生

岁月蹉跎五十年，光阴荏苒星斗转。

旧日村娃成祖上，当初夫子失华颜。

老骥伏枥志不改，蜡炬燃灰泪始干。

晚照夕阳无限好，顽童老妪共寻欢。

辛丑年七月初六

七夕节

沉醉七夕入梦中，牛郎织女泪相逢。

海誓山盟丝不断，情深意笃斩无成。

怨恶娘娘两岸恨，承蒙喜鹊架桥行。

俯瞰人间自由恋，应奏玉帝革新兴。

辛丑年七月初七

秋风颂

瑟瑟秋风爽爽凉，丢去暑热更衣裳。

彩艳千山万树红，清澈百川千畔黄。

唤醒丹桂赏野果，吻熟稻谷就高粱。

汉祖回肠志荡气，风中老朽著文章。

辛丑年七月二十三日

秋日赋

日美天阔彩朵飘，风清气爽山峦高。

海上白鸥竞角力，天空苍鹰翔姿骄。

笔下毛公竞自由，书中老甫悲寂寥。

老夫南坡放眼眺，雄鹰展翅上九霄。

辛丑年七月二十七日

客居赋

客泊他乡有数年，虽多往返梦犹牵。

海畔风光无限好，江中月色令人连。

万里江山处处美，千倾海疆人人欢。

备主江南乐忘蜀，游龙戏尽终归渊。

辛丑年八月初八

小院秋色

垂树苍苍步老年，羞花点点困将眠。

紫燕倾心立老树，乌鸦酷爱卧新檐。

月影无芒淡若水，阳光有色彩如莲。

小绕回廊品画意，凡夫至此不桃源。

辛丑年八月初十

秋朝望落花

月淡星疏日近发，微抚柳干望残花。

遍地红菲踏似血，一群紫鹃看如趴。

雨里衰花垂待死，霜中败卉秃无华。

可叹春光媚不久，无情又是秋风刮。

辛丑年八月十四日

仲秋抒怀

暮鼓秋风唤月圆，桂花含露柳垂然。

醉眼难识故里月，悬心未泯他乡眠。

雪色冰光终记忆，波飞海啸今临前。

备有佳人不念蜀，老夫日夜盼乡还。

辛丑年八月十五日

小院秋景

水色山光皆入秋，残花败叶满院丢。

小雀寻食遍地跳，乌鸦晒日屋檐溜。

绿草含霜呈睡意，黄花带露抖无休。

耳畔蛙声叫不停，荷塘有趣逛三周。

辛丑年八月十七日

晚年的怀想

拄杖扶墙远硝烟，初稿幻梦抛身边。

卸下征袍甘挂甲，穿上便裳自寻欢。

浊酒新朋多四五，清茶老友缺二三。

老却常怀旧日梦，曹公伏枥心何甘。

辛丑年八月二十三日

国庆长假携儿、媳、孙女养马岛旅游而作

秦皇求生万里行，膏车秣马岛负名。

历史传说成故事，新闻美事传新城。

挈妇将雏度长假，花飞柳笑庆新生。

但愿此身终不老，泰山永立翠松青。

辛丑年八月二十七日

看《杨贵妃》有感

帝王从来爱恨多，横刀夺爱无父子。

宠海三千独冠殿，失情一恨马嵬坡。

史上朝纲多变故，岂使女子论评说。

流水落花千古怨，香消玉碎长恨歌。

辛丑年八月二十八日

俏在夕阳红

血色夕阳透秀红，千山万水染彤彤。

晓赏朝阳颜色好，夕观晚日彩霞红。

自幼聪明恃能大，垂暮教场输赢中。

子牙稀年方拜相，佘君百岁尚逐雄。

辛丑年八月二十九日

凌源出差观瀑布

绿野青山挂水流，清波骇浪大江头。

百鸟无踪百鸟叫，一蒲闪过一蒲留。

远望白云树戴帽，近看赤日山无愁。

佑福天成天佑寺，祈告焚香今无求。

辛丑年八月三十日

凌源路上

此去凌源道道山，秋风铁马过千关。

四野枯藤绕老树，一帘瀑水泻前川。

自古辽西贫瘠地，无名小店勉打尖。

受尽颠沛流离苦，七旬老叟盛童年。

辛丑年九月初二

秋日思乡

百结愁肠念故乡，豪侠大美黑龙江。

北国山河叶彩秀，南疆野渡花飞扬。

似嗅秋来玉米味，仿佛梦里龙泉香。

老友新朋今安好，怀心今舍泪两行。

辛丑年九月初六

为小孙女七周岁生日而作

月朗云稀斗满天，秋风海浪绿荫边。

敏女七旬喜诞日，爷孙三代聚团圆。

道韫童年赋咏絮，薛涛十六书无凡。

老朽与孙共顾盼，益智趣事乐童年。

辛丑年九月初七

邹忠平诗词选

重阳

岭上黄花笑远香，秋风冷雨也重阳。

挺秀南山松莫老，娇情北国桂头昂。

子牙古稀依拜相，黄忠耳顺方出将。

老夫高坡歌一曲，人生最美俏夕阳。

辛丑年九月初九

清晨望秋风落叶而题

梧叶满院铺路黄，惨风扫地心冰凉。

海畔乌啼霜映月，湖边鸟语雪朝阳。

心事重重倾北望，情系念念又思乡。

大雪纷飞黑土地，裘皮裹腹换新裳。

辛丑年九月十二日

天蒙蒙，走在上班路上

冷月残星天色蒙，古柏青松伴前程。

两侧乌啼霜盖地，一群雁去云中行。

岁在古稀仍挂甲，年方七旬再出征。

戴月披星鏖商海，风范自诩老黄忠。

辛丑年九月十三日

兴日好

久日没逢日暖高，阳春九月满蓬蒿。

遍野丹桂彩满树，一江澈水鸥逍遥。

兴起高歌吟《楚辞》，怀贤含泪唱《离骚》。

古往今来多少事，江河不改秋风骄。

辛丑年九月十五日

深秋昏海

月上枝头日去羞，风拂大地始知秋。

海上昏光碧水暗，山光颜色依稀留。

远望归舟渔火亮，举头去日鸟吟丢。

绿浪红波点晓秀，黄花美酒洗心愁。

辛丑年九月十七日

武隆两日

碧水秋光赏武隆，天缝地坑奇观行。

绝妙三桥天神就，仙气十足玉女成。

柏树丛林翠若滴，桂花点点金芙蓉。

巴蜀历史多圣杰，长孙长眠大山中。

辛丑年九月二十二日

清晨观遍地落花

九月秋光满地黄，冷雨洒遍大江洋。

绿草红花化腐叶，苍松翠柏华失光。

酒入愁肠心浅泪，茶浇饱腹身无伤。

试问吴刚今何事？伐柯万载盼有疆。

辛丑年九月二十五日

今晨染发头没乌黑，却把十个指甲染上，清洗不掉

老朽乌头甲染黑，头苍甲墨诚悲催。

美发瞬间变美甲，亮鬓反倒鬓成灰。

孟子弄丝怀治国，愚夫染发思发悲。

艺定装端方术正，精器必自人来为。

辛丑年九月二十九日

小院闲暇

小院闲暇阅凄凉，梧桐满地遍枯黄。

瑟瑟秋风今始尽，纷纷冷雪翌时狂。

桂树无花空矗干，芳草含泪霜中亡。

海啸惊天浪拍岸，苍鹰无力挣扎翔。

辛丑年十月初三

天气骤变

雨雪纷飞怒号狂，裘皮裹体方冰凉。

朽木枯藤斑斓树，流花败草凋零黄。

鸟卧巢中抬眼望，乌栖檐下点口粮。

更爱毛公唱北雪，千山万岭似梅香。

辛丑年十月初四

邹忠平诗词选

烟台初冬

岛域初冬气渐寒，高霄厚土云连天。

雪似白蝶遍地舞，风如利剑猛入衫。

海上惊涛翻骇浪，山中老树吼秦缘。

王公千秋已作古，长河落日今依圆。

辛丑年十月初六

冬日随想

四季风光变换多，寒寒暖暖观山坡。

绿树红蝶含雪笑，花山彩叶吐虹波。

冷气舒适爽快乐，骄阳温柔暖心窝。

晓日浮云游子意，思归终念小城廓。

辛丑年十月初八

读方志敏烈士《可爱的中国》有感

洒泪倾书爱国家，抛颅种子醒中华。

笑对屠刀凌大义，慷慨赴死血染花。

志壮披胆兴马列，心诚沥血失奋发。

化作星辰耀大地，贫穷故国富根扎。

辛丑年十月初九

冬日临海观潮

久立潮头刺骨寒，狂风巨浪打衣衫。

遥望南山松更挺，俯首北海鱼撒欢。

此去祖龙寻药处，从来帝王梦炼丹。

盛世遗民无劲乐，夕阳晚照喜空前。

辛丑年十月十一日

邹忠平诗词选

初冬观海潮

朔风卷地海浪号，飞涛直上九天霄。

绿水千般凝两目，青山万里聚一焦。

海燕高天穿浪过，跃鱼撑浪比涛高。

祖龙东巡书历史，人民亿万写今朝。

辛丑年十月十二日

昏日归舟赋

翠水苍茫苦载舟，夕阳血色洒船头。

不念冬风相伴好，只见淡月独依楼。

万担轻沉了功过，千夫冷暖有追求。

鞠躬尽瘁死无憾，诸葛侍主美名留。

辛丑年十月十五日

晨观红日与白雪映照，如身临桃源

雪映朝霞满地红，严冬十月又春风。

放眼飞花若桃海，置身幻境似朦朦。

银雪千姿思公主，桃花万状念陶公。

海上渔舟含雪笑，隔岸久赏放歌声。

辛丑年十月十七日

晨光农舍

淡月残星点碧空，晨辉漫染大江中。

灰楼突檐滴浅雨，荷塘水面初结冰。

石上裘裹三尺腹，阶前笠掩一钓翁。

吾愿呼天千丈雪，寒江孤影逢柳公。

辛丑年十月十八日

踏雪赏梅

踏雪勘冰岭看花，初梅含雪吐芳华。

点点红灯片片火，枝枝彩虹条条霞。

驿外断桥妄自赏，悬崖百丈唯他察。

造化天材必有用，无须怨自无端发。

辛丑年十月二十二日

牟平会老友

久有心情去牟平，情牵梦绕追思中。

老友重逢情百丈，新朋见面酒一瓶。

忆得当年童颜美，环顾几多华发生。

眼看夕阳光彩好，三二古稀老顽童。

辛丑年十月二十三日

随笔

绿树红楼百尺高，寒风卷地雪冲霄。

伫立潮头望碧海，抬眼巨浪射天骄。

岭上俏花梅一点，长空美彩虹两条。

老夫风中寻作乐，三杯浊酒诗仙约。

辛丑年十月二十五日

观九〇师生群

壮者耄耋少近稀，童趣未改兴无低。

早岁风华重记忆，夕阳往事又复提。

老骥伏枥尚有志，钢刀磨砺锋无敌。

笑对昏阳七彩美，人生乐事孙绕膝。

辛丑年十月二十八日

怀念二龙山

秀水名珠二龙山，冰封雪盖玉其间。

自幼生活居住地，而今梦萦魂依牵。

把酒言欢念老友，排茶叙旧思流年。

鲁水泰山壮阔美，怎及故里一分田。

辛丑年十月二十九日